MATTEO

Tamara Balliana

CONTENTS

1

JOSÉPHINE

J'étais une jeune femme fantastique, intelligente et brillante avec, je le concède, une haute opinion de moi-même. Mais quoi de plus normal quand tous les jours, je sauvais littéralement des vies ? J'étais médecin aux urgences et c'était bien plus que mon métier, c'était ma passion, tout ce que j'avais toujours voulu faire, du plus loin que je m'en souvienne. J'avais bossé dur pour en arriver là, et surtout j'y étais parvenue toute seule. Quoi de plus gratifiant que de savoir que si vous êtes à cette place, c'est uniquement grâce à votre mérite ?

Bref, j'aimais mon boulot, et peu importait que les gens de mon âge soient supposés profiter de leur week-end avec leurs amis quelque part, moi je venais de passer un excellent samedi soir à m'occuper de ceux qui justement étaient un peu trop insouciants pour leur propre bien. Celui-ci avait ressemblé à beaucoup d'autres : le relâchement du week-end encourageait les comportements à risques qui envoyaient les moins chanceux directement aux urgences de l'hôpital de Nice, où je les accueillais avec le plus grand professionnalisme même si techniquement, ce n'était pas moi qui gérais leur arrivée. J'étais plutôt celle qui, au bout de longues heures d'attente, venait enfin poser un diagnostic, ou leur annoncer des nouvelles plus ou moins réjouissantes.

Ma garde avait connu des moments agités comme des moments calmes, ce qui n'était pas plus mal. J'avais eu quelques heures pour dormir, et vu le dimanche que j'avais de prévu, ce ne serait pas du luxe. Un repas familial pour l'anniversaire de ma sœur, c'était certes un plaisir, mais dur à support- er quand Morphée se fait trop insistant pour vous attirer dans ses bras.

C'est pourquoi, en quittant l'hôpital, je pris di- rectement le chemin de la maison de mes parents. J'aurais le temps de m'y doucher et de me requin- quer un peu, avant de donner un coup de main pour les préparatifs.

Mes parents habitaient toujours là où j'avais gran- di. Le jardin planté d'orangers et de palmiers était un paradis certes modeste, situé au pied d'une des collines de la ville, mais suffisant à notre bonheur. Le quartier, par contre, évoluait peu à peu. Certains voisins n'avaient pas résisté à la tentation de vendre leur bien à des promoteurs, et c'est ainsi qu'un immeuble était en train de voir le jour sur le terrain adjacent.

J'étais stupéfaite de constater à quel point l'édifice de béton avait poussé depuis ma dernière visite. La rue était encombrée d'engins de chantier à l'arrêt en ce dimanche, et une grue immense surplombait tout ce joyeux bazar, donnant l'impression que la maison familiale était minuscule. Le mistral soufflait ce matin-là, et je jetai un coup d'œil sceptique à la grue qui oscillait doucement au rythme des rafales.

Il n'y a pas d'inquiétude à avoir, ce sont des professionnels qui l'ont installée. Ils font ça tout le temps, n'est-ce pas ?

Je poussai la petite grille en fer qui grinça, et la refermai derrière moi. Je gravis ensuite les quelques marches qui menaient au perron, ouvris la porte, et comme à mon habitude, lançai :

— Bonjour ! C'est Jo !

Mais personne ne répondit. Un bruit familier m'attira en direction de la cuisine.

J'y trouvai ma mère, en train de pester contre je ne sais qui ou quoi tout en balançant une casserole dans l'évier. À en juger par l'odeur de brûlé qui régnait dans la pièce, et les volutes d'une fumée âcre, j'aurais dit les restes carbonisés d'une tentative culinaire.

— Euh... salut.

Elle se retourna, et en me découvrant sur le seuil, se précipita vers moi, l'air contrarié.

— Oh, Joséphine, ma chérie. Tu ressembles à un zombie !

Elle m'attira à elle pour m'embrasser, tandis que je marmonnai :

— Merci, maman.

Heureusement que je n'étais pas venue pour chercher des compliments.

Elle recula pour mieux m'observer et secoua la tête.

— Tu ne dors pas assez, ça ne va pas du tout. Tu devrais...

Je la coupai avant d'assister à un énième sermon de sa part.

— Je dors très bien, mais je sors d'une longue garde, alors oui, aujourd'hui, je suis fatiguée. Mais ça ira mieux demain.

Elle plissa la bouche, et je savais qu'elle se contenait pour ne pas en dire davantage. À chaque fois qu'elle faisait cette petite grimace, j'avais la sensation désagréable de voir une version de moi plus âgée, et plus pâle. D'un côté, elle était très fière de moi et de mon travail. De l'autre, elle n'aimait pas que son bébé manque de sommeil. Le paradoxe d'une mère normale, je suppose ?

Mon père débarqua dans la cuisine sur ces entrefaites, et m'embrassa à son tour. Il jeta un coup d'œil à la casserole dans l'évier puis déclara :

— Je crois que je dois te ramener chez le poissonnier ?

— Oui, rouspéta maman. Mais cette fois, c'est moi qui choisis. Ce que tu m'as rapporté n'allait pas du tout ! La preuve, tout a brûlé !

Mon père m'adressa un sourire avant de sortir de la pièce. Au bout de trente ans de mariage, il avait appris à être responsable d'à peu près tous les désastres culinaires de ma mère (et ils étaient nombreux), même quand il n'avait absolument rien à voir dans l'affaire. Je lui avais demandé un jour s'il n'en avait pas marre, et il m'avait répondu avec amusement que c'était le jour où elle ne le rendrait plus responsable de rien qu'il commencerait à s'inquiéter. J'en avais tout de même conclu que maman avait de la chance d'avoir trouvé un homme avec autant de patience, tout comme ma sœur Marguerite. S'il y avait deux hommes à canoniser d'urgence dans cette ville, c'était bien mon père et Achille, mon beau-frère.

— Tu veux venir avec nous, ma chérie ? me proposa ma mère.

— Non, si c'est bon pour vous, je vais aller me prendre une douche, et je te donnerai ensuite un coup de main.

Elle déposa un baiser sur ma joue, et conclut :

— Très bien, on ne sera pas longs, mais prends tout ton temps.

Puis elle lança un regard noir à mon père, qui lui répondit par un sourire. Ces deux-là étaient aussi différents que le jour et la nuit, et pourtant cela faisait 35 ans qu'ils étaient inséparables. Maman était une petite boule d'énergie au caractère bien trempé, tandis que papa du haut de ses presque deux mètres faisait preuve d'un flegme légendaire qu'il aimait attribuer à ses origines martiniquaises.

Quelques minutes plus tard, ils étaient partis, et moi j'entrais dans la salle de bains. La décoration de celle-ci avait été faite quelque part dans les années 80, ou du moins à une époque où les camaïeux de bleu étaient à la mode. Du sol au plafond, tout était bleu, ce qui donnait l'étrange sensation de se retrouver dans un aquarium. Mais peu importait la déco, ce dont j'avais envie, là tout de suite, c'était d'une douche. Ou peut-être même un bain... je n'avais pas de baignoire dans mon propre appartement, et tout à coup, l'idée de me plonger dans une eau chaude avec des bulles me parut fort attrayante.

Je fis couler l'eau, me déshabillai, et fouillai le placard à la recherche d'un flacon de bain moussant. Quitte à prendre un bain, autant le faire dans les règles de l'art !

Quand la baignoire fut remplie, je m'immergeai avec délectation dans l'eau parfumée et brûlante. J'avais mis tellement de savon que mon corps était entièrement recouvert par la mousse. J'étais bien, là, allongée de tout mon long dans la baignoire de mon enfance. C'était exactement ce qu'il me fallait après une longue nuit de garde. Je posai ma nuque sur le rebord et fermai les yeux. Le bruit du vent secouant les feuilles au-dehors me berça doucement. J'étais bien... peut-être trop ? Sans même m'en rendre compte, je sombrai tranquillement dans le sommeil.

2

JOSÉPHINE

U n bruit.

Un énorme grondement sinistre, composé de craquements, d'explosions, c'est ce qui me réveilla. Ou peut-être la sensation que le ciel était en train de me tomber sur la tête ? Ce qui n'était pas une image, car oui, le ciel m'était littéralement tombé dessus. Du moins, la charpente et les tuiles de la maison de mes parents.

Je ne criai pas, je n'étais pas ce genre de filles. Du moins, c'est ce dont je m'étais persuadée plus tard. La vérité, c'était que j'étais bien trop sous le choc pour le faire. Un instant j'étais en train de rêver dans mon bain, probablement d'une intervention compliquée avec de multiples traumas, le suivant, c'était moi l'intervention. Car oui, après les bruits de cataclysme, il y avait eu un silence assourdissant, des cris, et enfin, les sirènes des pompiers.

Quelque chose avait heurté ma tête. Je ne sais pas si ce fut le coup, ou tout simplement cette brutale et inattendue situation, mais il me fallut un peu de temps pour commencer à saisir ce qu'il m'arrivait.

La poussière qui envahissait la pièce n'aidait pas non plus. J'avais l'impression de respirer un mélange de cendres, de plâtre et d'autres substances qu'il valait peut-être mieux ne pas identifier. Quand j'y vis un peu plus clair, je constatai une première chose : une poutre s'était écrasée sur la baignoire, m'empêchant de sortir de celle-ci. À quelques centimètres près, c'est sur ma tête qu'elle aurait pu tomber, et je ne serais probablement plus de ce monde pour pouvoir en parler. Il en aurait été de même quelques minutes plus tôt, quand je me trouvais encore en dehors de la baignoire. Dans une autre position, j'aurais déjà été une parfaite cliente pour mon propre service... ou celui de l'entreprise de pompes funèbres située juste en face de l'hôpital.

La poussière se dissipa peu à peu, et je constatai que la maison disposait maintenant d'une salle de bains à ciel ouvert. En effet, je pouvais nettement distinguer le ciel azuréen d'un bleu que seuls les jours de mistral peuvent offrir. À quel point la maison était-elle endommagée ? Et surtout, qu'est-ce qui avait provoqué le soudain effondrement du toit ?

Je ne tardai pas à trouver la réponse à cette question ; en effet, quelques mètres plus loin, au-dessus de ce qui fut la chambre de mes parents, des poutrelles jaune orangé étaient visibles au milieu des gravats.

La grue.

Cette satanée grue s'était écrasée sur la maison de mes parents !

L'entrepreneur allait entendre parler de moi ! Et dire que j'avais imaginé un instant qu'il puisse s'agir de professionnels ! J'étais prête à aller le chercher sur le champ, et à lui passer un savon qui le dissuaderait à jamais de vouloir jouer avec un engin de chantier. Mais pour ça, il fallait déjà que je sorte de la baignoire. Et tout le problème était là : j'étais bel et bien coincée. C'est alors que je pensai à un tout autre détail : j'étais dans un bain moussant... complètement nue !

Des voix me parvinrent, je compris qu'il s'agissait des secours. Je pris une grande inspiration et tentai de résonner mon esprit qui allait à cent à l'heure : j'étais certes bloquée dans la baignoire, mais on allait me sortir de là. Les pompiers allaient dégager les poutres, cela prendrait peut-être un peu de temps, mais j'étais en vie. Je n'avais mal nulle part, l'eau du bain n'avait pas viré au rouge, ce qui me laissait bon espoir de ne pas être blessée. L'eau était toujours chaude... et il y avait encore des bulles !

En revanche, j'étais toujours dans mon costume de naissance.

Mais il y avait des choses plus graves dans la vie ; moi-même, je voyais des corps nus tous les jours à l'hôpital...

Punaise ! La maison vient de se prendre une grue sur le toit, juste au moment où je me trouve dans celle-ci... complètement à poil ! Tu parles d'un karma !

— Il y a quelqu'un ? lança une voix masculine.

Je sortis de mes considérations esthétiques et criai du plus fort que je pus :

— Oui ! Dans la salle de bains.

— Ne bougez pas, madame ! C'est les pompiers, on arrive !

— À vrai dire, je ne peux pas bouger !

— Vous êtes blessée, madame ? demanda la voix.

Je ne voyais toujours pas son propriétaire, mais j'imaginais qu'il se trouvait quelque part dans le couloir. C'était plutôt une bonne chose, cela signifiait que la maison ne s'était pas totalement écroulée.

— Non, je ne crois pas. Je n'ai pas mal. Mais je suis bloquée dans la baignoire.

Je pensai à tous les cas de gens arrivés aux urgences avec un membre en moins, ou une blessure si profonde qu'il était presque insoutenable de la regarder, et qui ne sentaient absolument rien à cause du choc du traumatisme. Était-ce mon cas ?

— Femme dans la salle de bains du premier étage. Coincée dans la baignoire.

Cette déclaration fut accompagnée du crépitement caractéristique d'une radio. Il ne devait pas se tenir loin. La seconde suivante, j'entendis des coups, puis la voix qui m'annonça :

— La porte est coincée. Est-ce que vous pouvez la voir ?

Je penchai la tête, mais le tas de gravats m'obstruait la vue.

— Non, je ne vois pas la porte.

— OK. On va essayer de la faire sauter, mais on doit prendre notre temps pour ne pas fragiliser le bâtiment. Ne bougez pas !

— Je ne bouge pas, répétai-je.

Quand bien même j'en aurais eu l'envie, c'était techniquement impossible.

— Je m'appelle Matteo, m'apprit la voix. Comment vous appelez-vous ?

— Joséphine Toussaint !

Je ne savais pas pourquoi je précisai mon nom de famille. Pour leur faire comprendre que j'étais la fille des propriétaires, et que je n'étais pas en plein délit de bain par effraction ?

— Enchanté, Joséphine. Quel âge avez-vous ?

C'était quoi, cette question ? On ne lui avait pas appris qu'on ne demandait jamais son âge à une femme ? Ou était-ce à cause de mon prénom qui malgré un retour de flamme depuis quelques années, était plutôt porté par des femmes pour lesquelles le fait même de sortir d'une baignoire en temps normal, et sans poutrelle pour leur barrer le passage, pouvait être dangereux ?

— J'ai 31 ans.

— Bien. Y avait-il quelqu'un d'autre dans la maison ?

— Non, je ne crois pas.

Combien de temps m'étais-je assoupie ? Pas assez pour que mes parents soient rentrés de leurs courses, je l'espérai.

Mon Dieu ! Quand ils allaient découvrir l'état de leur maison...

J'entendis un gros boum, puis Matteo le pompier m'annonça :

— On a enlevé la porte. Je ne suis plus très loin maintenant.

Effectivement, la salle de bains n'était pas grande, et si je ne pouvais toujours pas le voir, sa voix me semblait beaucoup plus proche.

Je l'entendis discuter avec une personne qui devait être un de ses collègues, tandis que moi j'attendais sagement dans la baignoire.

Toujours nue, cela n'avait pas changé. Mais j'essayai de respirer calmement : j'étais en bonne santé, en pleine capacité de mes moyens (si ce n'était celui de bouger de cette satanée baignoire), on n'était pas en plein hiver, ce qui signifiait que je ne me gelais pas les miches à cause la disparition soudaine du toit. Non, vraiment, il y avait pire comme situation, non ?

— On va aller chercher d'autres outils, il faut qu'on coupe la poutre pour pouvoir accéder à la baignoire, m'annonça Matteo.

— OK, je ne vais nulle part, de toute façon.

Ma réponse était plus nerveuse qu'une tentative d'humour. Mais elle fit rire le pompier.

— Savez-vous en quelle année nous sommes ?

— Eh bien, j'espère que c'est toujours la même année que lorsque je suis arrivée ici. Parce que si cette catastrophe est le résultat d'une faille temporelle, et que vous êtes un alien, je crois que je ne vais pas m'en remettre.

Il rit de nouveau.

— Et évitez de me demander qui est le président, ou quel jour nous sommes. Je sais que vous faites ça pour faire la conversation, ou vérifier que je n'ai pas perdu quelques neurones dans l'histoire, mais mes capacités cérébrales sont intactes. De plus, même si je ne vois pas tout mon corps, j'ai déjà effectué un rapide check-up et tout va bien.

— Hum, hum. Ça, ce sera au médecin d'en décider, mais tant mieux si pour l'instant tout a l'air d'aller bien.

— C'est moi le médecin, répondis-je un brin irritée par sa remarque.

— Vous êtes médecin ?

— Oui, et je travaille aux urgences de la ville. Alors des cas comme ça, j'en vois tous les jours.

— Ah oui ? Pourtant de mémoire, on n'a pas eu d'accident de grue avec une femme coincée dans une baignoire depuis un moment...

— Vous vous croyez drôle ?

— Désolé, ce n'était pas mon intention de me moquer de la situation... Si vous travaillez aux urgences, on se connaît peut-être ?

— J'en doute.

J'évitais en général de fréquenter les pompiers. Ces mecs nous emmenaient des malades aux urgences, mais je n'avais que peu de rapports avec eux. La plupart d'entre eux souffraient du syndrome du héros, alors qu'ils n'étaient en fait que de simples transporteurs. Et encore, la version cheap en camionnette rouge et pantalon en polyester, rien à voir avec Jason Statham et ses costumes sur mesure.

Les vrais héros, c'était nous, les médecins.

— C'est quoi, votre nom, déjà ?

— Vous ne l'avez pas noté ? Je vois que vous prenez votre travail au sérieux, répondis-je avec sarcasme.

— Un de mes collègues l'a noté, moi j'étais plus occupé à essayer de trouver un moyen de vous sortir de là. Après, si vous préférez, je peux partir remplir de la paperasse, et vous finirez bien par trouver un moyen de sortir de là toute seule. N'est-ce pas, *Docteur* ?

Je compris que je l'avais vexé.

— Excusez-moi, je ne voulais pas... enfin, c'est la situation qui me rend un peu nerveuse.

Il avait raison, il restait tout de même ma meilleure chance de sortir de cette baignoire. Je laissai passer une seconde, puis repris :

— Je m'appelle Joséphine Toussaint, mais tout le monde m'appelle Jo.

— OK, j'ai déjà entendu parler de vous, Docteur Jo.

Cette remarque ne me plaisait qu'à moitié. Il avait entendu parler de moi... Pourquoi ? Il y avait la probabilité qu'un de ses collègues se soit extasié sur mon talent. Après tout, pas plus tard que la semaine dernière, j'avais réduit la fracture d'un homme en moins d'une minute dans le couloir des urgences, sous les yeux extasiés des pompiers qui venaient de l'emmener. Ils n'avaient même pas eu le temps de retourner à leur ambulance. Mais la plupart du temps, quand on entendait parler des gens, c'était bien plus à cause de leurs défauts que de leurs exploits. Et là, en me montrant désagréable, je venais de lui donner de quoi discuter avec ses collègues sur mon compte.

J'essayai de me résonner, en me disant que ce Matteo était peut-être un gentil pompier proche de la retraite, un de ceux qui en avait assez vu dans sa vie pour ne pas tenir rigueur à une jeune femme médecin de n'avoir pas été super sympa avec lui.

D'autres voix approchèrent, et Matteo annonça :

— On va casser un bloc, ça va faire du bruit.

Les secondes qui suivirent ne furent pas très agréables, mais je me consolai en pensant que c'était un mal nécessaire.

Quelques gravats disparurent ensuite, et une main apparut.

— Joséphine, vous arrivez à attraper ma main ?

Sa paume s'agitait dans le vide, et je l'attrapai. Il serra la mienne en me disant :

— Super, on va vous sortir de là.

Ce n'était pas la main d'un gentil grand-père, c'était celle d'un homme plutôt jeune, grande et ferme, rassurante en un sens.

Je la lâchai, et il se mit à tâtonner dans l'espace autour. Jusqu'à ce qu'il touche... ma jambe.

— C'est votre jambe ?

— Oui, croassai-je.

Moi, tout ce à quoi je pouvais penser, c'est que ça faisait un bon moment que je ne l'avais pas rasée. C'était un miracle qu'il n'ait pas pensé qu'il s'agissait d'une poutre pleine d'échardes. Pourquoi avait-il fallu que le ciel s'écroule avant même que j'aie eu le temps de m'épiler ? Le karma n'était vraiment pas avec moi.

Il lâcha ma jambe, et je vis quelques débris disparaître.

— On va bientôt se voir ! m'annonça joyeusement Matteo.

La réalité de ce qui allait suivre me percuta. Il allait me voir nue !

OK, il restait de la mousse dans le bain, mais comment j'allais faire pour en sortir sans qu'il ne me voie en tenue d'Eve ?

Ce n'est qu'un corps, Joséphine. Toi-même tu en vois tous les jours !

Oui, mais là, il s'agit du mien ! Et je suis presque certaine maintenant que Matteo le pompier va essayer de se rincer l'œil.

Je les connais, les pompiers, je les entends discuter entre eux, je sais comment ils parlent des femmes...

— Excusez-moi ! lançai-je.

— Oui, Jo ? Tout va bien ?

— Oui, enfin non. Je voulais savoir, comment va-t-on faire pour me sortir de là ?

— Eh bien, nous allons continuer de dégager l'accès à la baignoire...

— Non, je voulais dire, concrètement...

Je me raclai la gorge avant de reprendre :

— Je suis dans une baignoire, je suis... nue.

Il prit une seconde avant de répondre :

— Eh bien, nous avons... une couverture de survie ?

Génial, j'ai toujours rêvé de me retrouver nue sous un de ces trucs dorés...

— Vous ne pourriez pas aller chercher des vêtements dans la chambre de mes parents ? N'importe quoi ?

Je préférais porter un vieux T-shirt de mon père, ou même une robe de ma mère n'étant plus à la mode depuis deux décennies, plutôt qu'une simple couverture.

— La chambre de vos parents est inaccessible, c'est trop dangereux.

J'étais sur le point de lui répondre qu'à la limite je préférerais le plaid du salon plutôt que sa maudite bâche dorée, quand il proposa :

— Je vais demander à mon collègue, on doit avoir un T-shirt dans le camion.

Je n'avais plus qu'à prier pour que celui-ci soit d'une taille suffisante pour caser ma paire de seins, et peut-être cacher mes fesses par la même occasion.

Un bloc disparut de ma vue, et le visage d'un homme apparut.

— Tout va bien, Jo ?

J'avais donc une image à associer à la voix de Matteo, et pourquoi fallait-il que celle-ci soit digne d'un calendrier de pompier sexy ? Une structure osseuse à la géométrie parfaite, une mâchoire carrée et virile, mais adoucie par des fossettes, le tout rehaussé d'un sourire charmeur. Et surtout, des cheveux auburn, couleur que j'avais rarement vue chez un homme, et qui me confirma la pire de mes craintes : j'étais tombé sur le stéréotype du pompier. Un beau mec musclé qui devait avoir un certain succès auprès des femmes, et qui n'avait plus qu'à annoncer la profession inscrite en haut de sa fiche de paie pour terminer de les emballer.

Je détestais les pompiers.

3

MATTEO

Cela ne faisait que quelques semaines que j'avais rejoint les effectifs d'une caserne niçoise. Ces dernières années, j'avais travaillé dans une autre ville du département, et j'avais enfin réussi à obtenir l'affectation que je souhaitais depuis toujours, dans la ville où j'avais grandi : Nice.

Depuis mon arrivée, mes gardes s'étaient composées d'interventions de routine. Rien d'aussi excitant que le sauvetage d'une femme coincée dans sa baignoire à cause d'une grue. Il n'était pas nécessaire d'être un expert pour comprendre que c'était l'engin du chantier voisin qui avait causé les dégâts. Mais à quel point la structure de la maison avait-elle été endommagée ? C'était encore dur à estimer. Un de mes collègues avait suggéré d'attendre qu'on nous envoie un expert. Mais nous étions le premier véhicule sur les lieux, et en tant que chef d'agrès c'était à moi d'en décider. J'avais pris le parti d'intervenir. J'avais conscience que je faisais prendre des risques à mes hommes et à moi-même, mais dans notre métier, c'était chose courante. *Courage et dévouement* est notre devise, elle est moins radicale que celle des pompiers de Paris[1] , mais les enjeux et dangers sont tout aussi importants.

— Ça va toujours, Joséphine ?

— Oui... Votre collègue va bientôt arriver avec le T-shirt ?

Je fis en sorte d'éviter de la fixer, je comprenais que la situation ne devait pas être des plus plaisantes pour elle. Mais la tentation était forte de glisser un œil en direction de la jolie femme médecin assise dans son bain. Du peu que j'en avais vu, il n'y avait rien d'indécent. L'eau était encore recouverte de mousse, et je ne savais si c'était le hasard ou bien elle qui l'avait réorganisée, mais elle couvrait stratégiquement toutes les parties de son corps qu'elle ne devait pas avoir envie d'exhiber au grand public. Du moins, je l'imaginais. Étant donné qu'elle avait réclamé de quoi se couvrir, elle ne de-

---

1. *Courage et dévouement* est la devise des pompiers français, tandis que *Sauver ou périr* est celle des pompiers de Paris.

vait pas affectionner tant que ça l'exhibitionnisme...
quoique... j'avais vu bien des choses étranges dans
mon métier par le passé.

— Je pense que mon collègue ne va pas tarder.
Vous avez quelque chose à proximité pour vous
essuyer ?

— Je suis coincée dans une baignoire pleine, je
ne vois pas trop l'intérêt d'essayer de m'essuyer,
répond-elle avec un ton ennuyé comme si elle estimait que j'avais oublié de réfléchir.

— Je voulais dire, pour quand on vous aura déblo-
quée.

— Ah... euh... je dois pouvoir attraper une serviette sur le portant.

— Parfait. Vous pourrez vous enrouler dedans,
alors.

— Ça aurait été une merveilleuse idée si ma mère
était du genre à acheter des serviettes d'une taille
raisonnable, et pas celles qui sont à peine plus
grandes qu'un gant de toilette.

Je ne pus m'empêcher de rire légèrement, espérant qu'elle ne le prendrait pas mal. Car pour
autant, son ton n'indiquait pas qu'elle essayait de
faire de l'humour.

Je me raclai la gorge et répondis, toujours en
évitant son regard :

— Si vous arrivez à attraper le siphon de la baignoire, vous pouvez peut-être essayer de la vider. Ça vous laissera le temps de vous sécher avec votre mini-serviette.

— Et perdre ainsi toutes les bulles de savon qui me recouvrent ? Non, merci.

— Si c'est ça qui vous inquiète, sachez qu'on a l'habitude de voir des gens nus...

Elle me coupa avec un ricanement :

— Ah ça, je m'en doute. Mais non, je ne vais pas me démunir des deux seuls éléments qui me permettent de préserver mon intimité.

J'avais l'impression qu'une fois de plus, sa remarque n'avait rien de très gentil, mais je me focalisai sur un autre détail :

— OK pour la mousse... mais le deuxième ?

Elle soupira et répondit :

— L'eau. Avec l'eau je peux mouiller mes cheveux, les boucles vont se détendre et je pourrai... cacher ma poitrine avec ? Pfff ! Dit à haute voix, ça a l'air tout simplement ridicule.

Je lui souris, tout en m'efforçant de regarder toujours à côté.

— Non, pas tant que ça, je vous imagine bien en une sorte de Vénus de Botticcelli.

Peut-être même trop bien, et il allait falloir que je m'enlève cette image de la tête.

— La Vénus de Boticcelli ne cache pas ses seins avec ses cheveux, rétorqua-t-elle avec ce petit ton condescendant qui ne semblait jamais la quitter.

Je ne pouvais pas totalement lui en vouloir, elle devait être un brin stressée. L'était-elle quand elle travaillait aux urgences également ? Car même si elle ne semblait pas me reconnaître, nous nous étions déjà rencontrés à l'hôpital. Dans ce cadre-là aussi, les rares fois où je lui avais adressé la parole, elle n'avait pas été très sympathique. Et prenez-moi pour un fou, je trouvais ça... sexy, ou sans aller jusque-là... intriguant. Il n'y avait rien qui m'ennuyait plus que lorsqu'une femme me faisait les yeux doux, juste parce que je lui avais lâché un sourire. Les accros à l'uniforme aussi me foutaient les jetons. Si je le portais, c'était pour mon travail, en aucun cas je ne le considérais comme un moyen de lever les filles.

Notre discussion sur la peinture du XVe siècle ne s'éternisa pas, car Roméo, mon collègue, réapparut.

— C'est tout ce que j'ai trouvé, j'ai pris le tien, c'était le plus grand.

Il me tendit ce que je reconnus comme étant un T-shirt m'appartenant. C'est vrai qu'avec mon mètre quatre-vingt-quinze, j'étais, et de loin, le plus grand de ma section, ce jour-là. Voire de la caserne entière.

— Merci.

Sur ses talons se trouvaient deux autres gars, les bras chargés de mallettes contenant des outils qui nous permettraient de dégager la poutre de la baignoire. L'un d'entre eux me fit signe de m'écarter, mais à la place, je lui pris la caisse des mains.

— Ça va aller, je vais m'en charger.

— Mais le chef…

— Sait que je suis parfaitement capable de le faire.

Voyant qu'il hésitait, j'ajoutai :

— J'ai établi un bon contact avec la victime, je pense qu'il est préférable…

— Je ne suis pas une victime ! protesta la voix de l'autre côté de la poutre.

Je repris :

— Joséphine préférera sans doute que ce soit moi qui coupe la poutre. On a déjà fait connaissance, en quelque sorte.

J'espérai qu'elle ne crie pas que non, elle désirait que je sois remplacé. Premièrement, car ce serait dur pour mon ego. Deuxièmement, car même si je ne connaissais que peu ces gars, j'étais à peu près certain qu'eux ne se priveraient pas de se rincer l'œil. Je m'étais évertué à ce que mon regard, les rares fois où je l'avais braqué dans sa direction, ne descende pas plus bas que son menton... Bon, OK, j'avais peut-être glissé une ou deux fois vers le bombé de son sein qui effleurait à peine au-dessus de l'eau... mais c'était uniquement pour vérifier qu'elle n'était pas blessée !

— Je préfère que ce soit vous qui restiez, Matteo.

Sa réponse manquait probablement de conviction, mais je m'en moquais. J'adressai un air victorieux à mon collègue avant de me tourner vers Joséphine.

— Vous allez bientôt être libérée. Mais avant ça, je vais devoir faire un peu de bruit.

4

MATTEO

D égager la poutre tout en essayant de préserver l'intimité de Joséphine ne fut pas une mince affaire. Mais j'y parvins. Dès qu'elle vit que j'étais en bonne voie pour réussir, elle vida l'eau de la baignoire, s'essuya et enfila le T-shirt que je lui tendis. Celui-ci paraissait immense sur elle et lui arrivait à mi-cuisse, comme une petite robe, finalement.

Une petite robe sous laquelle elle était nue, tout de même.

Une fois le passage dégagé, il lui fallut mon aide pour sortir de la salle de bains.

Ou du moins, ce qui fut un jour une salle de bains, et qui était à présent un espace en plein air.

Tandis que je lui tenais la main, elle escalada quelques gravats pour me rejoindre de mon côté.

— Je vais vous porter pour que ce soit plus facile.

— Ce n'est pas la peine, je vais y arriver, protesta-t-elle en posant son pied sur un morceau de plâtre. Aïe !

— Jo, laissez-moi vous aider. Vous allez vous blesser inutilement.

Elle releva la tête, et je vis dans ses grands yeux noirs qu'elle avait capitulé.

— Venez là, prenez appui sur mon bras.

À ma grande surprise, elle suivit mes indications. Mais j'avais toujours peur qu'elle se blesse. D'une main, j'attrapai la couverture de survie que Roméo tenait à la main, et en enveloppai Joséphine.

— Oh pitié, grogna-t-elle.

Cependant, elle allait être bien contente de l'avoir pour ce qui allait suivre.

Je glissai un bras sous les siens et l'autre sous ses jambes, et la saisit telle une jeune mariée prête à entrer dans son nouveau foyer.

— Ah ! Oh ! Non ! Rossi ! Posez-moi par terre !

Elle connaissait mon nom ? Intéressant...

— Il y a des débris partout, vous risquez de vous couper. C'est plus sûr si je vous porte.

— Non, mais il doit y avoir une paire de chaussures juste dans l'entrée de la chambre...

— Hors de question, maintenant qu'on vous a récupérée, on sort d'ici. Alors arrêtez de vous agiter comme un asticot, ça ira encore plus vite.

Je rajoutai à voix basse :

— Et cela évitera que vous offriez un spectacle mémorable à tous mes collègues. Ce ne sont pas tous des gentlemen.

Elle lâcha un renâclement dédaigneux.

— Parce que vous oui, peut-être ?

— Bien plus que vous ne semblez le croire.

La vérité était que cela avait été une véritable torture. Mon attirance pour le Docteur Jo ne datait pas d'hier, et le destin me la servait nue sur une intervention ! Mais j'étais fier de ma résistance. Certains m'auraient traité d'idiot, mais je m'étais répété sans cesse que si c'était ma sœur qui avait été à sa place, j'aurais aimé que les secouristes soient respectueux envers elle. J'avais donc fait en sorte de ne pas penser à combien cette peau couleur caramel avait l'air exquise, ni tenté de constater si les formes généreuses que cachait à peine la blouse de médecin dans laquelle je la voyais d'habitude étaient bien là.

Une fois en dehors de la maison, je constatai que la rue était envahie par des camions de pompiers et des véhicules de la police. L'un d'entre eux surveillait la foule des curieux qui s'était amassée dans l'impasse.

Je me dirigeai vers une ambulance. Il nous faudrait faire un rapide check-up de Joséphine, comme le prévoyait la procédure, avant de la conduire aux urgences.

Mes collègues avaient déjà avancé une civière, et je l'allongeai dessus, tout en leur donnant les premières informations :

— C'est la jeune femme qui était dans la salle de bains au moment de la chute de la grue, et qui était coincée par la poutre. Je n'ai pas eu le temps de l'examiner là-haut, mais elle semble n'avoir que des blessures superficielles aux jambes, dues aux débris. Elle était réactive à...

— Excusez-moi, me coupa Jo. Je pense que je suis la mieux placée pour transmettre les informations médicales.

Son petit ton hautain était de retour, et les yeux de mes deux collègues allèrent d'elle à moi.

À contrecœur, je leur expliquai :

— Joséphine Toussaint est médecin aux urgences de l'hôpital Pasteur.

— Oh, Docteur Jo ! s'écria le plus âgé des deux. Je ne vous avais pas reconnue !

Elle lui adressa un sourire tendu, et à ma grande surprise fit basculer ses jambes de la civière, comme si elle cherchait à se lever.

— Où vous allez comme ça ?

— Eh bien, je me suis autodiagnostiquée, et je peux affirmer que mon état de santé n'a rien de préoccupant. Je n'ai pas besoin qu'on me conduise à l'hôpital.

— Comment ça, autodiagnostiquée ? Vous n'avez même pas...

— J'ai eu le temps de faire un état des lieux dans mon bain, et croyez-moi, tout fonctionne. Alors ça ne sert à rien de faire perdre du temps à vos collègues, tout comme aux médecins de l'hôpital puisqu'il n'y a absolument rien. Ne gaspillons pas inutilement l'argent du contribuable.

Elle me tapota le bras, comme si elle venait de me donner un bon conseil sur lequel méditer.

— Joséphine, vous n'allez pas...

Elle me foudroya du regard.

— Je ne vais pas quoi ? Partir contre avis médical ? C'est moi, l'avis médical.

— Il y a un médecin qui...

— Écoutez, c'est vraiment très gentil de votre part de vous préoccuper de mon état de santé. Et je vous suis reconnaissante de m'avoir... dégagée de la baignoire. Je vais bien. Si ça peut vous rassurer, je vous promets qu'au moindre signe inquiétant, j'irai directement à l'hôpital. Mais là, j'ai des trucs plus urgents à faire comme me trouver des vête-ments, ou réfléchir à la façon dont je vais annoncer à mes parents que pendant qu'ils sont partis faire les courses, leur maison a eu de légers dégâts...

Elle leva les yeux vers la bâtisse, et ajouta :

— « Légers » n'est peut-être pas l'adjectif adéquat, d'ailleurs.

Mais elle n'eut probablement pas le temps de trouver les mots adéquats, car une voix cria :

— Joséphine ! Oh mon Dieu !

Une petite femme se précipita vers elle, suivie d'un homme à l'air affolé. Il ne fallait pas être un fin limier pour se douter qu'il s'agissait de ses parents.

Alors que sa mère lui tâtait le visage comme pour vérifier qu'il s'agissait bien de la version originale de sa progéniture, son père entoura ses épaules d'un bras protecteur.

Il était temps pour moi de leur laisser un peu d'intimité, et je devais de toute façon débriefer avec mes collègues et la police. Il fallait encore sécuriser la zone, notre travail était loin d'être terminé.

Le temps que je fasse tout cela, la jolie médecin avait disparu. L'air de rien, j'interrogeai Roméo qui m'apprit qu'elle était partie accompagnée de ses parents. Même si j'aurais bien aimé lui reparler, je ne fus pas déçu pour autant. Car puisque Mademoiselle Toussaint travaillait aux urgences, nos chemins se recroiseraient sans aucun doute. Et ce, dès ma prochaine garde, je l'espérais...

5

MATTEO

Après l'effondrement de la grue, le reste des interventions de ma garde fut plutôt anecdotique. La nuit fut même étonnement calme, j'essayai donc de grappiller quelques heures de sommeil. Mais allongé sur la couchette de ma chambre à la caserne, sous mes paupières fermées, se dessinait le visage de Joséphine. Ses grands yeux noirs ourlés de longs cils, sa peau métissée, ses cheveux frisés qui m'avaient tout l'air d'être indomptables... et son air contrarié.

On dit souvent qu'on craque pour le sourire de quelqu'un. En fait, je ne me rappelais pas l'avoir vue sourire. On ne pouvait pas lui en vouloir vu le contexte de notre rencontre. Mais pourquoi étais-je obsédé par une femme qui justement m'avait parlé la plupart du temps avec dédain ? Des femmes,

j'en rencontrais tous les jours. Et les charmer...
c'était un peu ma spécialité. Mère Nature avait été
plutôt généreuse avec moi... quoiqu'à une époque
de ma vie je n'en étais pas convaincu. Des quatre
garçons de la fratrie, j'étais le seul à avoir hérité
d'une chevelure flamboyante, et l'adolescence fut
un peu rude sur ce point. Heureusement pour moi,
Michael Fassbender, Ed Sheeran et le Prince Harry
sont passés par là, et être roux est de nouveau sexy
!

Mais avoir un corps d'Apollon que j'entretenais
soigneusement ne suffisait pas. Mon arme secrète
pour faire succomber ces demoiselles était... mon
humour. C'était un talent que j'avais développé à
l'époque où je ramais pour me faire remarquer,
et qui ne m'avait pas quitté depuis. Et je pouvais
l'affirmer haut et fort, c'était ça mon principal atout
avec les femmes. Comme le disait le vieux dicton :
femme qui rit...

Mais est-ce que j'avais réussi à faire rire
Joséphine Toussaint ? Absolument pas. En vérité,
je ne me souvenais même pas avoir plaisanté à un
moment ou à un autre. Pourtant, même en intervention, j'aimais parfois lancer une blague histoire
de détendre l'atmosphère. Cela pouvait être très
utile pour dédramatiser une situation ou aider à

faire déstresser une victime. Mais avec Joséphine ? Non, j'avais été incapable de le faire.

Peut-être parce que j'étais trop concentré sur ma mission ? Non, des interventions délicates, j'en avais connu depuis que je faisais ce métier. Alors, je ne saurais pas vraiment l'expliquer, si ce n'était qu'une partie de mes neurones était anesthésiée par le charme de la jolie doctoresse. C'était la seule explication plausible.

Ma garde terminée et les instructions transmises à la section suivante, je m'apprêtais à rentrer chez moi quand le capitaine me fit signe de le suivre dans son bureau. Au fond de moi, j'étais à peu près certain du sujet sur lequel il voulait s'entretenir. Et comme il y avait de fortes chances pour que les félicitations ne soient pas de rigueur, j'obéis docilement, attendant de voir à quelle sauce j'allais être mangé.

Le capitaine Margoli était un petit homme sec, mais connu dans la région pour sa poigne de fer. Il s'assit à son bureau, et je restai sagement debout, les mains jointes dans mon dos.

— Rossi, ça fait combien de temps que vous êtes ici ?

Ses yeux sévères me confirmèrent mes soupçons. Sa question était juste une introduction, j'allais me prendre un savon.

— Ça fera un mois dans quelques jours, capitaine.

Il hocha lentement la tête.

— Même pas un mois et vous vous faites déjà remarquer.

Il y a encore quelques semaines, j'aurais immédiatement pris la parole pour défendre mon cas. Après tout, on savait tous les deux quel était le fond du problème. Mais je fis l'effort de rester la bouche fermée. Appelons ça une certaine maturité, acquise par des expériences désastreuses.

— Qu'est-ce qui vous a pris d'intervenir dans cette maison alors que les lieux n'étaient même pas sécurisés ? Vous auriez dû attendre, dois-je vous rappeler que vous étiez responsable de vos collègues ?

— C'est pour ça que je suis allé faire une première reconnaissance seul, argué-je sachant très bien que cet argument n'en était pas vraiment un.

J'avouais en quelque sorte qu'en plus je n'avais pas respecté la procédure.

Margoli soupira et passa une main sur son visage.

— C'est encore pire que ce que je pensais.

— Monsieur, si je peux me permettre, il y avait une femme coincée dans la salle de bains à l'étage. Elle était parfaitement consciente et miraculeusement indemne. Si le bâtiment était venu à s'effondrer, cela n'aurait probablement pas été le cas.

— Et s'il s'était effondré avec vous à l'intérieur j'aurais eu deux victimes au lieu d'une. Voire plus, puisque d'après votre rapport, vos collègues vous ont rapidement suivi.

N'ayant pas vraiment de contre-argument recevable, je pris le parti de baisser les yeux et me taire. Quoi que je dise, cela ne ferait qu'empirer mon cas. Je savais qu'une fois de plus, j'avais laissé mon instinct prendre le dessus sur ma raison. Et à ce jeu-là, je pouvais un jour perdre gros.

— Rossi, je suis presque certain qu'à votre âge, si j'avais été dans la même situation, j'aurais agi de la même façon.

Ce soudain aveu me fit relever la tête, et j'observai mon chef, ne sachant pas trop où il allait en venir.

— Mais la différence, c'est que vous, vous êtes déjà dans le collimateur du commandement. Vous savez que cette *promotion* que vous avez obtenue n'en est pas vraiment une. Si on vous a transféré ici, c'était parce que vous vous êtes fait un peu trop remarquer dans votre précédente affectation. Et surtout, on m'a demandé de vous garder à l'œil.

Je hochai brièvement la tête. Ce qu'il venait d'énoncer était on ne peut plus juste.

— S'il vous plaît, essayez de vous faire oublier pendant un moment. Restez dans le rang, ne prenez pas d'initiatives qui pourraient mettre fin à votre carrière. Vous êtes un bon gars, Rossi, je détesterais devoir vous virer.

Il braqua son regard sur moi dans une expression signifiant : message reçu ?

— Je vais tâcher de m'en rappeler, Capitaine.

— Bien. Rentrez vous reposer. Mais avant, je dois vous parler de quelque chose. C'est au sujet d'une intervention sur laquelle vous étiez, et où comme aujourd'hui vous vous êtes un peu trop fait remarquer.

Il prit un dossier sur son bureau et me le tendit.

— Vous vous rappelez un accident de la circulation, sur la départementale, il y a deux ans ? Un chauffeur de camion qui a perdu le contrôle de son véhicule et qui a percuté une voiture arrivant en face ?

Malheureusement, il y avait plus d'une intervention qui pouvait correspondre à cette description, mais les photos dans le dossier m'aidèrent à me rafraîchir la mémoire.

— Oui, je m'en souviens. Il y avait un couple dans la voiture. On a tout tenté pour sauver le mari, mais il est mort pendant le transport.

Je feuilletai les quelques pages du dossier, histoire de me remémorer les faits. Tout comme aujourd'hui, j'étais le premier sur les lieux. Nous avions eu des difficultés à désincarcérer les deux occupants de la voiture. Le choc avait été violent, et leur véhicule faisait davantage penser à une compression de César qu'à une berline allemande, sur les photos.

— Bon, vous allez être appelé à témoigner dans le cadre d'une enquête au sujet de l'accident.

— Une enquête ? Deux ans après ? Les faits sont pourtant clairs. Le camion...

— Ce n'est pas vraiment sur l'origine de l'accident que porte l'enquête.

— Ah bon ? m'étonné-je.

Il soupira.

— Non, c'est la veuve qui attaque nos services.

— La... la femme qui était dans la voiture ? Qu'est-ce qu'elle nous reproche ?

— Une série d'erreurs qui aurait d'après elle conduit à la mort de son mari.

— Mais elle était là, elle était inconsciente à notre arrivée, mais ensuite elle a rapidement repris connaissance. Elle a vu la violence du choc, elle sait...

— C'est une femme en deuil, Matteo. Dans ces moments-là, on fait parfois des choses désespérées.

— Et donc elle veut nous attaquer ?

— Je ne pense pas que ça aille jusqu'en justice. Mais la police va vous interroger. Ne vous inquiétez pas, on vous demandera de rapporter les faits, rien de plus. J'ai lu le rapport et celui du médecin sur place. Vous ne pouviez rien faire de plus. L'affaire sera vite classée.

Je hochai la tête, espérant qu'il avait raison. Je quittai son bureau quelques secondes plus tard, puis la caserne. J'avais choisi de ne pas vivre sur place, contrairement à mon ancienne affectation. La vie en caserne avait ses avantages, mais j'aimais mon indépendance. Et j'avais trouvé un super appartement à deux pas d'ici.

Avant de passer ma porte, je sonnai chez ma voisine Bernadette.

— Ah, Matteo ! s'exclama la vieille dame. Entre, entre !

— Je ne voudrais pas vous prendre votre temps, Bernadette. Je passais juste voir si tout s'était bien passé avec Maurice.

— Oui, bien sûr, mais ton petit chenapan est ici. J'ai fait des biscuits, et je suis allé le chercher. Je sais qu'il les adore.

Comme s'il avait entendu qu'on parlait de lui, mon chien débarqua en trottant et sauta contre ma jambe pour réclamer un câlin, que je lui donnai bien volontiers.

— Tu es pourri gâté, Maurice. Des câlins et des biscuits. Ceux qui ont inventé l'expression « une vie de chien » ne te connaissaient pas !

Il répondit par un grognement, puis gigota pour me signifier qu'il souhaitait que je le pose à terre. Il s'enfuit en direction de la cuisine, où sans nul doute d'autres biscuits devaient l'attendre.

— Merci, Bernadette. Quand je vous ai demandé de garder un œil sur lui pendant mes gardes, je ne m'attendais pas à ce que vous vous transformiez en dog-sitter.

— Oh, mais ça me fait plaisir. Les journées sont moins longues quand je m'occupe de lui.

— Vous devriez songer à prendre un chien vous aussi, ou un chat.

— Non, pauvre animal. Je n'ai plus beaucoup de temps sur cette terre, alors je n'ai pas envie de laisser un orphelin derrière moi. M'occuper de Maurice me suffit.

— Bien, mais j'aimerais vous remercier. Je pourrais peut-être vous inviter à dîner chez moi, disons ce soir, si vous êtes disponible ?

— Vous me faites des avances, Matteo Rossi ? fit mine de s'offusquer la vieille dame.

— Oh mince ! Vous m'avez percé à jour ! Allez, Bernadette, dites-moi que votre carnet de bal a encore une place...

— Comment pourrais-je dire non à un homme qui cuisine, et aussi charmant que vous ? Bien entendu que je viens.

— C'est noté, on se voit ce soir, alors ! Maurice !

Je sifflai mon chien qui rappliqua au petit trot, ses griffes cliquetant sur le carrelage. Je l'attrapai dans mes bras.

— Je ne comprends pas que vous soyez encore célibataire. Un charmant garçon comme vous, qui cuisine et avec un petit chien si mignon.

Elle me faisait la même réflexion à peu près à chaque fois qu'on se voyait. Et je lui donnais une réponse à peu près toujours dans le même esprit :

— Je crois que c'est mon addiction aux poupées de porcelaine glauques qui les fait toutes fuir.

Elle leva les yeux au ciel, et je lui rappelai :

— Ce soir, 19 heures tapantes, Bernadette. Ne soyez pas en retard.

— Comme si j'allais manquer ça !

Je tournai les talons le sourire aux lèvres. La matinée avait peut-être mal commencé, mais elle se finissait avec une bonne nouvelle : j'avais un rancard ce soir ! Avec ma voisine de 85 ans...

6

JOSÉPHINE

Mais alors tu étais complètement nue ! s'exclama mon amie Alix.

— Crie plus fort, je pense qu'ils ne t'ont pas entendue sur la place Masséna, grinçai-je. Oui, j'étais dans mon bain, tu es habillée comment, toi, quand tu te laves ?

J'étais attablée à une des petites tables disposées devant le restaurant de spécialités niçoises d'Alix dans le vieux Nice. Après mes aventures du week-end, j'avais bien besoin d'un jus multivitaminé de sa confection. Et peut-être de vider mon sac auprès de mon amie au look rétro.

— Non, mais c'est... Waouh ! J'ai pas les mots. C'est vrai, j'assortis toujours mes sous-vêtements au cas où j'aurais un accident, mais là... tu étais nue !

— Si ça peut te déculpabiliser pour tes lessives, sache qu'aux urgences on se fout totalement du fait que tu aies de jolis sous-vêtements. On n'a pas de discussions du genre : « Eh, tu te souviens de cette femme qui est venue avec un string en coton violet, et un soutien-gorge en dentelle rouge ? »

— Ouais, toi peut-être pas, mais les pompiers...

— Les pompiers racontent beaucoup de bêtises, mais je suis presque certaine qu'ils s'en moquent aussi. Enfin, pour la plupart...

Elle étrécit les yeux et demanda :

— Tiens donc, tu prends leur défense tout coup. Qu'est-ce qu'il t'arrive ?

— Je n'ai pas pris leur défense, mais...

— Tu détestes les pompiers.

— Je ne déteste pas les pompiers, je déteste un pompier. Enfin, il ne l'était pas vraiment, d'ailleurs, c'était un volontaire.

— C'est ce que je m'évertue à te dire depuis des années : il ne faut pas mettre tous les hommes dans le même panier ! Mais j'y pense, tu ne m'as pas parlé de ceux qui sont venus te sauver de ta baignoire ? Est-ce que, comme je l'imagine, un beau soldat du feu courageux et téméraire t'a portée nue dans ses bras musclés ?

À ces mots, le visage souriant de Matteo Rossi m'apparut. Je clignai des yeux pour le faire disparaître.

— Je n'étais pas nue, protestai-je.

Mais comme elle fronça les sourcils, je précisai :

— Il m'avait donné une couverture et son T-shirt. Je ne le lui ai pas rendu, d'ailleurs.

— Intéressant... est-ce que tu l'as reniflé avant de dormir, hier soir ?

— Non.

Je ne l'avais pas fait. Mais est-ce que j'avais pensé en enfilant le vêtement qu'il sentait drôlement bon ? Tout à fait. Est-ce que je l'avais gardé un peu plus longtemps que de raison ? Peut-être.

— Et donc, tu vas le revoir.

— Non ! Bien sûr que non. Tu as raté le moment où je t'ai dit qu'une grue était tombée sur la maison de mes parents ? Ce n'était pas un rancard, Alix !

Elle écarquilla les yeux, et un sourire étira ses lèvres rouge carmin.

— Ce n'était pas une question, je sous-entendais juste que tu risquais de le croiser aux urgences. Mais ta réponse est drôlement intéressante.

Je secouai la tête. Alix avait le chic pour vouloir se mêler de mes affaires de cœur, même quand elles étaient inexistantes.

— Je suppose que je vais le recroiser, oui.

— Et comment il s'appelle ?

— Matteo... Matteo Rossi.

— Rossi ? Comme Giovanni ?

— C'est qui, celui-là ?

— Un flic qui vient souvent ici, beau gosse d'ailleurs. Il adore ma pissaladière.

— Comment tu connais son nom ?

Elle tapota de l'index sa tête ornée d'un turban marine à pois blancs.

— Je suis plus rusée que tu ne crois. Il a payé par carte une fois. Je l'ai juste lu dessus : Giovanni Rossi.

— Tu récupères les coordonnées bancaires d'un flic, bravo, Alix, ce n'est pas du tout... stupide.

— J'ai regardé son nom, pas noté les chiffres de sa carte. Et si ça peut te rassurer, je le sais aussi parce que maintenant c'est le coloc de Clémence, tu sais, la fille qui a travaillé quelques jours pour moi comme serveuse l'année dernière ? Elle continue de venir ici comme cliente. Et lui aussi. Il vient parfois avec un autre gars qui est son frère, mais j'aurais juré qu'il est avocat. Faudrait que je demande à Clémence s'il en a d'autres.

— Alix, soupirai-je. Il y a des milliers de gens avec ce nom-là, à Nice et dans la région.

Elle haussa les épaules.

— Je sais, mais c'est rigolo de mener l'enquête, tu ne trouves pas ?

— Non, puisque de toute façon, je ne m'intéresse pas à Matteo Rossi. Donc si tu cherches à grappiller des infos sur son frère, cousin, homonyme flic, ce sera sans moi.

— Oh, non ! Je le trouve mignon, mais je te rappelle que je suis avec Cyril.

— Ah oui, Cyril, marmonnai-je.

Alix entretenait depuis quelque temps une relation avec son propriétaire, ce qui était, à mon avis, une très mauvaise idée. Connaissant le côté versatile de mon amie, elle pourrait très bien le larguer demain. Et va savoir comment cela se passerait pour elle ensuite, s'il le prenait mal ? De plus, j'avais rencontré le fameux Cyril, et je ne comprenais vraiment pas ce qu'elle lui trouvait. Il était aussi ennuyeux qu'une compétition de curling.

— Donc, qu'est-ce que tu vas faire quand tu vas le recroiser aux urgences ? demanda Alix.

— Qui ça ?

— Le pape ! Non, ton pompier, bien sûr !

— Ce n'est pas *mon* pompier, protestai-je.

Elle s'assit sur la chaise face à moi et prit appui sur ses coudes pour me demander, l'œil pétillant :

— Oui, mais est-ce que tu aimerais qu'il le devienne ?

— Tu sais très bien que j'ai une liste de « en aucun cas » qui comprend : les pompiers, les agents immobiliers, les cardiologues, les oncologues, les mecs plus jeunes que moi, ceux qui ont un chien. Ceux qui aiment un peu trop faire la fête, donc tous les musiciens, écrivains, artistes, mannequins, influenceurs. Sans oublier les Théo et les Brian.

— J'ai un tas de questions qui me viennent en tête, mais pourquoi Théo et Brian ?

— Les prénoms des gosses qui me harcelaient au collège. Tu t'imagines sortir avec un mec qui porte le même prénom que la petite frappe qui te faisait pleurer ?

— C'est un argument en partie recevable, je suppose.

Elle asséna une petite tape enjouée à la table avant d'ajouter :

— Bon, eh bien moi qui pensais que tu avais juste fait une croix sur tous les hommes. Ça nous laisse tout de même un peu d'espoir, tout ça !

— Je n'ai jamais fait une croix sur les hommes.

— Ça fait combien de temps que tu es célibataire, déjà ?

Deux ans.

Deux ans que du jour au lendemain mes espoirs s'étaient brisés, et le pire, c'est que je ne savais même pas ce que j'avais fait pour mériter ça.

— Je suis très bien célibataire, tu sais. La plupart de mes chaussettes le sont, et elles ne s'en portent pas plus mal.

— Oui, mais avoue que quand elles sont assorties, ce n'est pas désagréable, non plus.

7

JOSÉPHINE

Je repris le chemin de l'hôpital avec plaisir. Déjà, parce que j'adorais mon travail, mais aussi parce que c'était l'occasion de me tenir loin de mes parents.

Parents que j'avais eu la bonne idée d'inviter à séjourner chez moi, puisqu'ils étaient littéralement... sans toit.

J'aurais pu refourguer le problème à Marguerite, mais vu son peu d'enthousiasme quand elle avait proposé le canapé de son salon, j'en avais conclu que la perspective d'avoir les parents sur le dos pendant plusieurs mois (ne nous voilons pas la face, les travaux allaient prendre des lustres) ne l'enchantait guère. Ou bien, elle était bien plus avisée que moi sur la réalité du quotidien avec ses géniteurs sur le dos quand on est adulte.

J'aurais de toute façon été un peu égoïste de ne pas le faire, sachant que moi, j'avais une chambre d'amis et que j'étais peu souvent à la maison.

Il ne m'avait fallu qu'un peu plus de 24 heures pour me rappeler que vivre pas très loin de chez ses parents, c'est chouette. Vivre avec ses parents... c'est tout autre chose.

Je m'étais donc échappée à peine mon café matinal avalé, après le début d'une grande inquisition :

Tu finis à quelle heure ?

Tu manges où à midi ?

Tu seras avec nous pour dîner ce soir ?

Questions auxquelles j'avais répondu : *je ne sais pas.* Ce qui m'avait valu un froncement de sourcils mécontent de la part de maman. Elle avait ensuite posé les mains sur ses hanches, mais avant qu'elle ne me fasse un sermon, je m'étais enfuie.

— Tout le monde n'en aurait pas fait autant, commenta Soumya l'infirmière du service à qui je racontais mon dimanche un brin mouvementé et l'emménagement de mes parents.

— Je le concède, j'ai été d'une naïveté formidable.

— Non, moi je pense que tu as tout simplement bon cœur, rétorqua-t-elle en me tendant un café.

Cette femme était une perle. Elle savait que je ne pouvais pas être fonctionnelle sans ma boisson préférée. Et elle la préparait à la perfection.

— Arrête, tu vas me faire passer pour Mère Teresa, bientôt. Bon, qu'est-ce que tu as pour moi ?

— Un ado qui se plaint de douleurs au poignet dans le box 3, et dans le 4 une petite mamie qui se sent fatiguée.

— Départ en vacances de ses enfants ? demandai-je en parcourant le dossier.

— J'en ai bien peur, soupira-t-elle.

— On va commencer par elle, alors.

— Tu vois que tu as bon cœur...

— Non, je me dis que plus vite j'aurai constaté qu'elle n'a rien, plus vite je pourrai signer sa sortie et rappeler ses connards d'enfants, qui avec un peu de chance n'auront pas fini de charger la voiture. Ensuite je me ferai un malin plaisir de leur expliquer que si le billet de ferry était trop cher pour emmener Mamie en Corse, ils n'ont qu'à se contenter de vacances ici. L'hôpital n'est pas la SPA des grands-parents. Et s'ils veulent avoir leur héritage, ça mérite quelques sacrifices.

— C'est ce que je disais...

— Arrête de dire que j'ai bon cœur. Je le fais seulement pour ne pas bloquer un lit inutilement.

Elle me sourit, et j'étais persuadée qu'au fond d'elle, elle resterait sur sa première idée. Mais je n'allais pas me battre là-dessus, j'avais d'autres chats à fouetter ou en l'occurrence, des patients à diagnostiquer.

Quelques ordonnances plus tard, je m'apprêtais à prendre ma pause déjeuner quand je vis une ambulance des pompiers se garer sur l'emplacement prévu à cet effet. Je n'y prêtai pas plus attention que ça, jusqu'à ce que le médecin du SMUR[1] les accompagnant m'interpelle :

— Jo !

Mon collègue avançait vers moi en aidant les pompiers à pousser un brancard. Une chevelure d'une couleur familière attira mon regard.

Mince !

Je m'étais plus ou moins préparée à le revoir, mais pas si vite ! Je baissai le regard. La dernière chose dont j'avais envie, c'était de regarder en face un homme magnifique, qui m'avait vue complètement nue dans une situation embarrassante.

Je me concentrai donc sur mon collègue qui m'énonçait les informations de la patiente :

---

1. SMUR : service mobile d'urgence et de réanimation.

— Jeune femme, 20 ans, AVP[2] à 12 h 15. Elle était seule et a perdu le contrôle de son véhicule, alors qu'elle roulait à 80 km/h environ.

Pendant ce temps, Soumya avait dirigé les pompiers vers un des box encore disponibles. Il n'y avait pas une minute à perdre. Même si la jeune femme était consciente, cela ne voulait pas dire qu'elle allait bien pour autant.

À peine les pompiers l'eurent-ils installée sur un de nos lits, que je commençai à palper son abdomen à la recherche d'éventuelles lésions. Je ne trouvai rien d'inquiétant, mais je savais que le seul toucher n'était pas une garantie. J'annonçai donc à la patiente :

— On va vous faire passer un scanner corps entier, jusqu'au bassin. Au cas où il y aurait des petits saignements qu'on ne pourrait pas forcément détecter, ou une lésion de la rate.

— OK, répondit-elle d'une voix chevrotante.

— Tout va bien se passer, ajouta une voix à côté de moi.

Je me tournai et tombai nez à nez avec un torse si grand qu'il me fallait lever la tête pour croiser son regard. Celui-ci me sourit, et dit :

— Bonjour, Joséphine.

---

2. AVP : accident sur la voie publique.

— Docteur Toussaint, répondis-je du tac au tac, contrariée qu'il se soit permis de dire à la patiente que tout allait bien se passer, alors qu'il n'en savait rien.

Il ouvrit la bouche, mais la patiente le coupa :

— Vous allez rester avec moi ?

Je me reconcentrai sur elle.

— Ma collègue va vous emmener au scan, et moi...

— Non, pas vous. Vous, dit-elle en fixant Matteo.

Il lui décrocha un sourire assez lumineux pour irradier certains cancers, et répondit :

— Oui, bien sûr, ma belle. Je ne bouge pas.

— Vous n'avez pas d'autres interventions qui vous attendent ? marmonnai-je pour qu'elle ne m'entende pas.

— Mon collègue est en train de faire la paperasse, il en a encore pour un bon moment avant qu'on ait fini. Elle est seule, et elle a peur. Sa famille est sur la route, mais en attendant je peux bien lui tenir compagnie.

— Soit.

Malgré le collier cervical et le fait qu'elle soit allongée et paniquée, on voyait que c'était une très jolie fille. Je n'étais pas certaine qu'il aurait eu le même réflexe si le patient avait été un clochard empestant la vinasse à des mètres à la ronde.

Je me dirigeai vers le coin du box où se trouvait le dossier, pour mettre quelques annotations dans celui-ci. J'entendais Matteo et la patiente discuter derrière moi.

— Qu'est-ce que vous faites dans la vie ?

Génial, voilà maintenant qu'il prenait les urgences pour un site de rencontre...

— Je suis étudiante en informatique.

— Génial ! Vous devez donc connaître la réponse à cette question : comment appelle-t-on une femme qui ne comprend rien à l'informatique ?

— Aucune idée.

— Une e-conne.

La patiente s'esclaffa et j'intervins :

— Je vous ai donné l'autorisation de rester, mais il faut éviter qu'elle s'agite !

J'assortis mon ordre d'un regard signifiant : *tu ne sais pas ça ? Espèce d'abruti ?*

Mais au lieu d'adopter l'air contrit qui aurait été de circonstance, il sourit une nouvelle fois.

Mon Dieu ! Ce mec prenait donc tout à la rigolade ?

Passablement agacée, je quittai le box, j'avais un scanner à programmer en urgence.

8

MATTEO

La chance était plutôt de mon côté, ce matin-là. Dès ma première intervention, j'avais eu le droit de me rendre aux urgences, et la jolie docteur Joséphine Toussaint y était justement de garde !

J'avais noté que dès qu'elle m'avait aperçu, elle avait fait mine de ne pas me voir. Et cela était plutôt une bonne nouvelle.

Certes, je l'avais vue presque nue quelques jours auparavant. Mais il y avait quelque chose dans sa façon d'éviter mon regard qui n'était pas que de l'embarras... Non, elle avait envie de me dévisager, elle ne s'en donnait juste pas l'autorisation. Pourquoi ? Aucune idée. Mais j'étais bien décidé à percer ce mystère.

Je dirais même que cela attisait ma curiosité.

J'étais plutôt doué avec les femmes, sans vouloir me vanter. Je n'avais pas besoin de grand-chose pour les conquérir : un sourire, une remarque flatteuse, une petite attention... Mais j'avais l'impression qu'avec Joséphine Toussaint, mes artifices habituels n'allaient pas marcher.

Est-ce que ça me décourageait ?

Pas vraiment.

Disons que c'était même plutôt un challenge. Et il n'y a rien que j'aimais plus que les défis. La faute au fait d'avoir grandi dans une famille de cinq enfants où la compétition avait tendance à être féroce ? Peut-être, même si je n'étais pas certain que mes frères et ma sœur auraient partagé mon avis là-dessus.

Malheureusement pour moi, la famille de la patiente arriva rapidement, et Joséphine avait disparu des couloirs des urgences. Mon équipe était prête à repartir à la caserne, et je ne la revis pas ce jour-là.

Les jours suivants, je devins un homme avec une mission : celle d'essayer de dérider le Docteur Jo. Surnom qu'elle m'interdisait d'utiliser, ce qui me confirma mes premiers soupçons : soit elle n'était pas totalement indifférente à mon charme... soit elle me détestait. Mais en bon optimiste je préférais miser sur la première solution. Surtout que je ne

voyais pas ce que j'avais fait pour mériter la deuxième.

J'essayai une petite blague par-ci, un compliment
sur sa coiffure, un sourire ravageur qui à lui seul
avait le pouvoir, en temps normal, de donner envie
aux femmes de se séparer de leur petite culotte.

Rien ne marchait.

J'étais face à l'échec le plus cuisant de ma vie. Du
moins, de ma vie adulte, car du temps de l'adolescence, j'avais pris tellement de vents de la part des
filles, que j'avais l'impression d'être une éolienne. À
moi seul, j'avais participé activement à la sortie du
nucléaire de la France.

Bref, j'étais face à un mur, j'en venais à penser
que la seule façon qu'elle m'accorde un jour de
l'attention, ce serait à la façon d'un Jean-Claude
Dusse, sur un malentendu. Je ne savais pas alors
qu'une situation dramatique m'aiderait à déglacer
nos rapports, encore moins un de mes frères.

Il aura fallu tout de même que l'un d'entre eux se
prenne une balle.

9

JOSÉPHINE

Vous voulez que je fasse quoi ?

— Tu m'as très bien entendu, Joséphine. Et tu savais que ça finirait par arriver.

J'étais dans le bureau de mon chef, le Professeur Meyer. Un petit homme chauve au sourire que je trouvais sympathique, jusqu'à il y a encore une minute.

— Mais je suis beaucoup plus efficace à l'hôpital que sur le terrain, protestai-je mollement.

Il avait joint ses mains devant lui, ce qui était plutôt mauvais signe. Cela signifiait que sa patience commençait à s'émousser.

— Tu n'as pas fait de garde avec le SMUR depuis ton internat, tu n'en sais rien. Et moi, je suis persuadé que tu pourrais être très efficace.

— En gros, vous voulez vous débarrasser de moi, grommelai-je comme une gamine capricieuse.

J'avais conscience d'exagérer, mais s'il y avait bien une chose que je détestais, c'était les gardes au SMUR. J'aimais le sentiment confortable de savoir que j'avais toute la machine hospitalière derrière moi, en cas de défaillance. Non pas que j'en aie déjà eu besoin, puisque je suis une des meilleures dans mon domaine. Mais si j'arrivais à agir avec autant d'assurance, c'était aussi parce que je n'avais aucun doute. Alors que sur le terrain, avec pour seule aide un infirmier et des appareils en nombre limité, je n'étais pas aussi sereine.

— Joséphine. Tu es un bon médecin, un très bon médecin, même. J'ai travaillé tout au long de ma carrière avec un grand nombre d'entre eux, et je peux affirmer sans aucun souci que tu es une des meilleures praticiennes que j'ai rencontrées.

À ces mots mon cœur aurait dû se gonfler de joie. Mais je sentais qu'il y avait un *mais*.

— Mais...

Qu'est-ce que je disais !

— Tu dois apprendre à sortir de ta zone de confort. Tu n'en seras que meilleure ensuite. Dis-toi que si je fais ça, c'est pour que tu deviennes encore plus performante, et encore plus capable de travailler en symbiose avec les différents soignants.

Ces derniers mots allumèrent une alarme dans ma tête.

— Travailler en symbiose avec les différents soignants ? Ça veut dire quoi, ça ? Qui s'est plaint de mon travail ?

Le professeur ouvrit la bouche, la referma, dans une parfaite imitation du poisson rouge. Puis il soupira.

— Il a été porté à mon attention que tu n'étais pas toujours très agréable avec certaines personnes que tu côtoies dans ton travail.

— Pas agréable ? Comment ça ? Les infirmières m'adorent ! Soumya et Svetlana me font mon café tous les matins. Les aides-soignantes m'ont offert un cadeau à Noël !

Elles m'avaient offert un mug avec écrit « Le diable s'habille en blouse blanche ». J'avais pris le parti de me dire que c'était de l'humour, et non pas un message caché. De toute façon, il n'avait pas besoin de le savoir.

— Ce ne sont pas les infirmiers ou les aides-soignants qui posent un problème.

— Mais qui, alors ?

— Plutôt la façon dont tu traites les pompiers.

— Les pompiers ? Mais qu'est-ce qu'ils ont à voir là-dedans ? Ils ne travaillent même pas à l'hôpital !

— Oui, mais ils travaillent avec nous. Et on m'a dit que tu n'es pas toujours très agréable avec eux.

— Pas agréable ? J'ai... c'est à peine si je leur adresse la parole !

— Eh bien, voilà ! C'est ça le problème !

— Je ne comprends pas. Ces mecs sont là pour faire du transport de malades, pas pour papoter avec nous dans les couloirs !

— Ils ne font pas que ça, Jo, et tu le sais.

— OK, ils font des pansements, aussi, dis-je en levant les yeux au ciel.

— Jo...

— Donc c'est quoi, l'idée ? De m'envoyer faire des interventions avec le SMUR pour que je sois davantage en contact avec eux et que je me fasse des copains parmi les hommes qui roulent en camionnette rouge ?

— Entre autres. Je pensais déjà qu'un peu plus de gardes au SMUR te feraient du bien, mais si ça peut ensuite améliorer tes relations avec les pompiers, c'est encore mieux. Je trouve que c'est une excellente idée.

C'était la pire idée de la terre. Je le lui aurais bien dit, mais quelque chose m'en empêcha, comme le fait qu'il était tout de même mon supérieur, et qu'il pouvait me faire virer en un claquement de doigts. Et comme je n'avais pas envie de devoir aller poursuivre ma carrière dans un hôpital de rase campagne du Limousin...

Je n'avais rien contre le Limousin, à vrai dire je n'y avais jamais mis les pieds. Mais j'étais une fille du Sud, et l'idée d'aller m'installer dans une région pouvant avoir des températures négatives au printemps me filait la chair de poule.

Le Professeur Meyer m'indiqua ensuite qu'il avait des coups de fil à passer. C'était sa façon polie de me signifier que notre entretien était terminé.

Je sortis de son bureau et tombai sur Soumya.

— Ah ! Jo, je te cherchais, justement ! On a besoin de toi. Plaie par balles, le patient vient juste d'être emmené par les pompiers.

Parfait. Rien de mieux qu'une plaie par balles pour me faire oublier pendant quelques heures cette conversation désagréable.

— Tu as d'autres éléments ?

— La balle a touché le bras. La victime a une trentaine d'années, il est policier, il s'appelle Rossi.

Rossi ?

Je repensai à la discussion que j'avais eue avec Alix, et à mon aplomb quand je lui avais expliqué qu'il s'agissait d'un nom de famille très courant dans la région. Mais Soumya mit fin à cette théorie :

— C'est le frère d'un pompier. Tu sais, le grand roux très charmant, toujours...

— Oui, je vois qui c'est, coupai-je avant qu'elle ne me fasse trop d'éloges sur son compte.

Soumya avait toujours eu un faible pour les pompiers, pour peu qu'ils soient gentils avec elle. Moi, je m'étais faite avoir une fois... pas deux.

J'entrai dans le box, et au chevet de l'homme blessé se trouvait Matteo que j'ignorai pour me concentrer sur son frère.

— Bonjour, Monsieur Rossi.

Celui des deux qui était blanc comme un linge et qui suait à grosses gouttes ne me répondit pas, et je ne lui en voulais pas, mais celui qui était debout lança :

— Salut, Jo.

Il était tout sourire, et son air enjoué tranchait nettement avec celui de son frère. Et surtout, avait-il conscience de la gravité de la situation ?

— C'est Docteur Toussaint, rétorquai-je plus sèchement que je ne l'aurais voulu.

Mais je ne pris pas le temps de m'en excuser, il fallait que j'examine l'homme blessé. Il s'appelait Livio, appris-je dans les secondes suivantes, et à en juger la ressemblance avec Matteo, je pariai sur le fait que c'était son frère.

J'auscultai la plaie, alors que les infirmières s'affairaient autour du patient, notamment pour lui administrer des anti-douleurs.

— Je vais faire venir un chirurgien, je pense qu'on va devoir opérer pour retirer la balle.

Je retirai mes gants, les jetai et sortis du box, prête à aller appeler mon collègue pour avoir son avis. Mais c'était sans compter sur Matteo qui m'avait suivie :

— Jo !

Cette fois-ci je ne le repris pas sur mon nom. Je me tournai et constatai que son visage avait pris une expression grave et inquiète.

— Est-ce qu'il va s'en sortir ?

Sa question paraissait presque naïve pour quelqu'un qui voit des blessés à longueur de journée. Mais surtout, j'étais déconcertée par ce revirement brutal d'humeur.

— Je ne sais pas exactement où s'est logée la balle, tant qu'on n'aura pas fait de scan, je ne pourrai pas me prononcer.

Il hocha la tête, mais je vis cette petite lueur que je constatais souvent dans le regard des proches des victimes. Il avait besoin d'espoir, alors j'ajoutai :

— Elle ne semble pas avoir touché une artère, avec un peu de chance, si elle ne s'est pas fragmentée, le chirurgien pourra l'extraire sans trop de problèmes.

— Merci, murmura-t-il.

Nous restâmes une seconde à nous dévisager, et je me fis la réflexion qu'il avait des yeux magnifiques. D'un vert presque émeraude. Mais très vite, je me rappelai que j'avais une urgence sur les bras.

— Je vais appeler la chirurgie, dis-je en guise d'excuse.

— Oui, oui, vas-y.

Mon collègue arriva rapidement et nous procédâmes au scanner. Livio Rossi fut ensuite rapidement pris en charge. La balle avait eu une trajectoire nette, il avait eu beaucoup de chance. Et surtout celle qu'elle ne se soit pas logée dans sa poitrine.

Je continuai ma garde qui se déroula sans faits majeurs. Je songeais à Matteo. Était-il resté à l'hôpital pour soutenir son frère ? Je doutais que son capitaine l'ait renvoyé sur d'autres interventions, même si sa garde ne devait pas être finie.

Quand la mienne approcha de la fin, je demandai à Soumya :

— On a eu des nouvelles de Livio Rossi, le blessé par balles ?

— L'intervention s'est bien passée, aux dernières nouvelles, il était en salle de réveil.

— Parfait.

J'allai à mon casier, me débarrassai de ma blouse puis de ma tunique, avant d'enfiler mes vêtements de ville.

Je m'apprêtais à quitter l'hôpital quand je décidai finalement de changer de chemin. J'appuyai sur le bouton de l'ascenseur en direction des services de médecine. Après avoir interrogé une aide-soignante, je ne mis pas longtemps à trouver ce que je cherchai : Matteo.

Il était adossé contre le mur du couloir, le visage tourné vers le plafond. Quand il m'entendit approcher, il tourna la tête, et son sourire — véritable signature, je commençai à le comprendre — s'étira.

— Salut.

— Salut, comment va ton frère ?

— Bien, vu les circonstances. Ils ont retiré la balle, et il devrait être sur pied dans peu de temps.

— Super. Tu n'es pas avec lui ?

— Mes parents le sont. Je suis sorti, car ça commençait à faire beaucoup de monde dans la chambre.

Il s'ensuivit un silence. Je ne savais pas trop quoi dire. Tourner les talons au bout de deux phrases échangées paraissait un peu froid. Mais que faire de plus ?

— Merci, Jo.

— Euh... de rien, je n'ai pas fait grand-chose.

— Ce n'est peut-être pas toi qui as extrait la balle, mais tu t'es quand même bien occupée de lui.

Je hochai la tête. Sincèrement, je n'avais pas l'impression de m'en être plus occupé que ça. Mais on n'allait pas débattre sur le sujet.

Matteo poursuivit :

— Dans les cas d'urgences, chaque geste même minime est important. Alors tous ceux qui ont fait que mon frère arrive le plus rapidement possible ici, et qu'il soit pris en charge correctement, ont eu un rôle non négligeable.

Ses paroles me firent penser à la conversation que j'avais eue avec le professeur Meyer en début d'après-midi. Il n'avait pas tort, je le savais au fond de moi. Même ceux qui n'étaient là que pour porter le brancard avaient un rôle important.

10

MATTEO

Et tes parents, ça va ? demandai-je histoire qu'elle ne prenne pas le silence comme bonne raison pour s'enfuir.

Je ne les avais croisés que brièvement le jour de l'incident avec la grue, mais c'était suffisant pour que je m'inquiète de leur sort.

— Oui, ils font aller. J'espère qu'ils pourront retrouver leur maison bientôt.

— J'imagine que ça doit être dur pour eux. Ils ont été relogés à l'hôtel ?

— Non, à vrai dire, ils sont chez moi.

— Aïe, plaisantai-je.

Mais vu la grimace qu'elle fit, je compris que j'avais tapé dans le mille.

— Je ne vais pas dire ça trop fort, car les miens sont dans la pièce juste à côté, et que ma mère a l'ouïe d'une chauve-souris, mais je n'aimerais pas être à ta place.

— Ils ne sont pas si horribles que ça...

J'arquai un sourcil sceptique.

— OK, j'ai peut-être envisagé d'aller manger en ville pour ne pas rentrer tout de suite, et de faire croire que ma garde s'était prolongée.

Je laissai échapper un rire, et je vis avec plaisir *une esquisse de sourire sur les lèvres de Joséphine.*

Alléluia ! Ses muscles faciaux ne lui avaient pas été retirés.

— S'il te faut un compagnon pour ne pas dîner seule, sache que je suis prêt à me dévouer, proposai-je avec un haussement de sourcils exagéré.

Je savais que j'avais **99 %** de chances de me faire envoyer sur les roses. Mais qui ne tente rien...

— Non, je crois que je vais être une gentille fille et rentrer au bercail.

— Quel dommage. J'attends toujours que tu me remercies comme il se doit.

— Te remercier ? Mais de quoi ?

— De t'avoir sauvé la vie, pardi ! Au péril de la mienne.

Je fis exprès de déclarer cela sur un air théâtral, histoire de lui arracher un nouveau sourire. Mais le docteur Joséphine Toussaint était aussi dure à faire rire qu'un présentateur d'une chaîne économique.

— Me sauver la vie, rien que ça, répéta-t-elle avec sarcasme.

— Sans moi, tu serais peut-être toujours dans ta baignoire.

— Je sais nager. Et un de tes collègues aurait fini par me délivrer.

— Dans ce cas, tu lui devrais un dîner à lui. Mais là, c'était moi.

— Je ne te dois rien du tout. Si je me faisais inviter au resto par tous les patients à qui j'ai sauvé la vie, je n'aurais plus à cuisiner un seul jour de mon existence. Tu as juste fait ton job.

— Ce n'est pas tous les jours que je sauve de jolies naïades de leur baignoire.

À mon compliment, ses yeux bifurquèrent brutalement vers le sol. Elle était gênée... *Intéressant.*

Elle fit mine de consulter sa montre.

— Je dois y aller, mes parents vont m'attendre.

Je me retins de lui faire remarquer qu'elle n'avait plus seize ans. À la place, je lui souhaitai une bonne soirée et la regardai s'éloigner dans le couloir. J'avais déjà réussi une première étape : avoir une conversation avec Jo. Une qui n'implique pas de parler d'un patient, et qu'on pourrait même qualifier comme un début de flirt, non ?

🔥 🧬 🔥

Dans les jours qui suivirent, je recroisai Jo. Nos échanges furent plutôt brefs, et si par moments j'avais l'impression que l'atmosphère s'était réchauffée entre nous, à d'autres c'était comme si elle ne me connaissait même pas.

Elle n'était pas agressive, mais seulement distante. Il n'y avait rien qui puisse me rappeler la Jo de la baignoire, ou celle que j'avais croisée dans le couloir de l'étage.

Et cette presque ignorance avait le don de me rendre fou. Je devenais obsédé par elle, comme jamais auparavant. Au point que je ne cessais de l'observer pour essayer de la comprendre, et que j'avais noté des détails la concernant. Premièrement, elle buvait du café, beaucoup de café. Du moins, elle se baladait avec. Car bien souvent, quand nous arrivions, elle délaissait son mug pour venir voir les patients. Et vu le temps que prenaient certaines prises en charge, je me doutais que celui-ci était froid à son retour.

Ensuite, elle avait la manie de tirer sur une des boucles de ses cheveux quand elle réfléchissait. Parfois même, elle se mordait la lèvre inférieure.

J'avoue que ce petit geste avait le don de m'hypnotiser.

Enfin, elle ne cessait de perdre ses stylos, si bien que les infirmières, qui devaient être au courant, en avaient toujours un sous la main à lui tendre. Je m'étais demandé si elle avait conscience du fait que ses collègues faisaient tout pour lui faciliter la tâche.

La plupart des infirmières et infirmiers du service étaient de vraies perles. Il y en avait une que j'aimais particulièrement : Soumya. Une quadragénaire toujours de bonne humeur, même quand les journées étaient harassantes. J'aimais les gens qui savaient garder le sourire en toutes circonstances. Peut-être parce que moi-même je m'efforçais de le faire ?

J'étais appuyé contre le comptoir de l'accueil à remplir mon récap d'intervention quand Soumya m'aborda :

— Elle est célibataire, tu sais.

— Hein ? Pardon ?

Je tournai la tête vers l'infirmière qui m'adressait un sourire entendu.

— Docteur Jo. Elle est libre comme l'air. Tu devrais tenter ta chance.

Je me redressai et me raclai la gorge.

— Comment...

— Oh s'il te plaît ! Ne perds pas de temps en me disant qu'elle ne te plaît pas. Je sais très bien que si je t'interroge sur ce que tu es en train d'écrire, tu finiras par m'avouer que tu étais plutôt en train de l'observer discrètement.

— Apparemment, pas si discrètement que ça.

— Disons que ça échapperait peut-être aux autres, mais pas à moi.

J'arquai un sourcil, et elle expliqua :

— Je suis douée pour lire les gens, et je connais bien Jo. Je suis certaine qu'elle n'est pas insensible à ton charme.

— Aucune femme n'est insensible à mon charme, répondis-je en souriant de façon exagérée. Pas même toi, Soumya.

Elle leva les yeux au ciel en secouant la tête.

— Au moins, vous vous ressemblez sur un point. Vous ne manquez pas d'arrogance.

— Je vais prendre ça comme un compliment.

— Ça n'en était pas forcément un. Mais bon, tu devrais l'inviter à sortir. Elle est libre demain soir, et je crois qu'elle en a besoin en ce moment. Et toi, ça ne te ferait pas de mal de passer la soirée avec une femme comme elle, dit Soumya en commençant à s'éloigner.

— Eh ! Ça veut dire quoi, ça ?

— Oh je pense que tu sais exactement ce que je sous-entends ! balança-t-elle par-dessus son épaule.

Elle disparut, me laissant avec un tas de questions en tête. Jo non plus n'était plus à l'accueil, et moi j'avais un rapport à finir, avant de retourner à la caserne.

Un peu plus tard dans la journée, je profitai d'un temps de calme dans les interventions pour rejoindre la salle de sport de la caserne.

Soulever de la fonte était parfait pour se vider l'esprit. Et un pompier se devait de toujours garder la forme. Roméo, mon collègue avec qui j'étais souvent en équipe, travaillait sur la machine d'à côté lorsqu'il proposa :

— On sort demain soir ?

Avec les gardes, nos jours de repos ne correspondaient pas toujours à ceux des autres. Alors, quand nous avions la chance de cumuler deux jours qui tombaient sur un week-end, nous ne laissions pas passer l'occasion d'aller nous éclater.

Mais depuis ma discussion avec Soumya, une autre idée avait germé dans mon esprit.

— Je ne pense pas. J'ai un truc de prévu, normalement.

— Normalement ?

— Ouais.

Je ne donnai pas plus d'explications, ce qui au lieu d'avoir l'effet escompté — à savoir que Roméo se préoccupât de ses propres affaires — ne fit qu'attiser sa curiosité.

— Je la connais ?

— Hein, qui ça ?

— La fille avec qui tu as des plans. Et pitié, dis-moi que tu vois une femme, et pas une avec qui tu as de l'ADN en commun.

— Qu'est-ce que tu racontes ?

— Je sais pas, ces derniers temps, tu sembles toujours avoir un repas de famille auquel te rendre. J'en viens à me demander si tu ne le fais pas exprès pour ne plus m'accompagner.

— J'ai une grande famille, il y a eu beaucoup d'anniversaires ces derniers temps. Et tu devrais être content, quand on sort tous les deux, tu sais très bien que j'ai plus de succès que toi, le taquinai-je.

Il s'esclaffa tout en reposant ses poids au sol :

— Dans tes rêves, Rossi ! Je t'accorde que les femmes te repèrent plus facilement. Même si je ne suis pas un nain, tu es plus grand que tout le monde, et avec tes cheveux, tu ne passes pas inaperçu. Mais quand elles entament une vraie conversation, elles se rendent compte que JE suis le plus intéressant de nous deux.

— Donc en gros tu as juste besoin de moi pour jouer les rabatteurs ?

— Pleurniche pas, on sait très bien toi et moi que tu ne finiras pas seul dans ton lit. En fait on est plutôt une sorte d'équipe. Alors ? Demain soir, dans le Vieux ?

— Nan, désolé. Malgré ta proposition alléchante, j'ai d'autres plans, dis-je avant de boire une gorgée d'eau dans ma bouteille.

— C'est bien ce que je pensais, tu as déjà quelqu'un en vue. Blonde, brune, rousse ?

— Ça ne te regarde pas.

— Eh ! Depuis quand tu es si secret ? Oh ! Je sais ! Je la connais, c'est ça ?

Je répondis par un grognement.

— C'est bien ce que je pensais. Alors, c'est qui ? Me dis pas que c'est la petite nouvelle à la caserne Hancy ? Tu sais que c'est toujours une mauvaise idée de...

— Ce n'est pas elle, le coupai-je avant qu'il ne parte dans un sermon. Et oui, je suis assez malin pour savoir que c'est une mauvaise idée de coucher avec quelqu'un de la maison.

— Bon, alors qui...

Mais il n'eut pas le temps de pousser plus loin ses suppositions, car l'alarme nous indiquant qu'on avait besoin de nous sur une intervention retentit.

11

MATTEO

L'intervention sur laquelle Roméo et moi avions été appelés n'était pas ce qu'un pompier rêve de faire quand il prend l'uniforme, mais constituait malheureusement quelque chose d'assez récurrent dans notre quotidien.

Nous prîmes la direction du centre-ville à une adresse familière pour retrouver une de nos vieilles connaissances : Jean.

Jean devait connaître cette rue par cœur, il y habitait. Mais pas dans un des appartements, lui, c'était sur le pavé qu'il avait élu domicile. Tantôt sous un porche, si le temps était mauvais, parfois sur un banc pour profiter du soleil. Mais là, il nous attendait bien sagement sur les quelques marches qui menaient à une entrée d'immeuble. À ses côtés, une dame que je me souvenais avoir déjà vue.

Une habitante du quartier qui prenait soin de lui de temps à autre, et qui nous appelait quand elle estimait que son état s'était dégradé.

La vie dans la rue n'est pas facile, et au fil des saisons, Jean souffrait de différentes pathologies. Parfois notre venue n'était pas vraiment nécessaire, mais c'était ainsi. Les gars de la régulation faisaient un tri, mais à travers un téléphone, il est compliqué de jauger le caractère urgent d'une intervention ou pas.

— Punaise, ça fait combien de fois qu'on le fait cette année ? J'ai l'impression que j'ai pas passé une semaine sans venir ici. Je vois plus souvent ce mec que je n'appelle ma mère, râla Roméo.

— N'exagère pas. Et au passage, tu devrais appeler plus souvent ta mère.

Je descendis du camion et m'approchai de Jean.

— Eh ben alors, mon vieux, qu'est-ce qui t'arrive ?

La bouteille de vin presque vide à côté de lui était un indice, mais si la voisine avait appelé, c'était probablement pour autre chose que le fait qu'il soit un peu pompette.

— Je trouve qu'il a une vilaine toux, m'indiqua-t-elle.

À peine eut-elle fini sa phrase que Jean nous fit une superbe démonstration de cette « vilaine toux

», et effectivement, ça ne sentait pas le poumon qui respire la santé.

— Depuis quand tu tousses comme ça, Jean ?

Je n'essayai pas d'établir un diagnostic, je n'étais pas médecin, mais je savais qu'il y avait des chances pour qu'il refuse d'aller se faire soigner. Alors plus je le mettais en confiance, plus ce serait facile.

— Je sais pas, trois jours, peut-être ?

Nous discutâmes un petit moment. Ses yeux étaient vitreux, peut-être en partie à cause de l'alcool. Mais quand Roméo lui prit la température, il avait un beau 39,8.

Contrairement à ce que je craignais, il ne refusa pas de nous suivre. Enfin, *nous suivre* n'était pas tout à fait l'expression appropriée, puisqu'il avait du mal ne serait-ce qu'à se lever de la marche sur laquelle il était assis. Roméo et l'autre collègue qui était avec nous le prirent chacun sous un bras, et l'aidèrent à marcher jusqu'à l'ambulance. Le pauvre bougre avait l'air d'être totalement essoufflé par cet effort.

Pour ma part, je me chargeai de ses affaires. Il n'avait pas grand-chose. Un sac usé avec quelques vêtements, et sa bouteille de vin. Il insista à plusieurs reprises pour que je ne l'oublie pas.

— J'espère qu'il va pas vomir pendant le transport, râla Roméo qui devait songer comme moi que vu l'état de notre « client », on serait bons pour un bon nettoyage de retour à la caserne.

— Tu n'auras qu'à conduire doucement, Fangio.

Il secoua la tête, et nous prîmes la direction de l'hôpital.

Tout le long du chemin, je ne pus repousser l'idée que j'allais, avec un peu de chance, revoir Jo. Ce serait peut-être l'occasion pour me lancer ? Et lui proposer pour de vrai d'aller boire ce verre ensemble.

Quand Roméo m'avait interrogé un peu plus tôt, c'était ça que j'avais en tête. Mais il y avait une grande probabilité que je ne puisse pas mettre mon plan à exécution, puisque pour ça, il fallait déjà que je la revoie. Mais là, Jean venait de m'offrir l'occasion rêvée.

Il ne restait plus à Jo qu'à dire oui.

Je savais qu'il y avait de grandes chances qu'elle refuse. Même si la dernière fois que je lui avais proposé, je n'étais pas vraiment sérieux, elle n'avait pas montré de signes m'indiquant que l'idée la séduisait. En fait, sans ce que m'avait dit Soumya le matin même, je n'aurais pas eu le courage de me lancer.

Pourtant, hésiter, ce n'était pas mon truc, surtout avec les femmes.

Mais Jo n'était pas n'importe qui. Je ne travaillais pas directement avec elle, mais je la croisais souvent.

Même si avant l'épisode de la grue, j'étais persuadé qu'elle n'avait jamais remarqué ma présence, moi si.

Dès la première fois que je l'avais vue.

Je n'allais pas raconter des histoires en disant que j'avais eu le coup de foudre. Mais je n'étais pas insensible à une jolie femme, et Jo... avait tout pour me plaire !

Et effectivement, depuis que je l'avais vue dans cette baignoire, mon intérêt avait peut-être viré à l'obsession. C'était en partie pour ça qu'il fallait que je tente quelque chose. Je ne pouvais pas continuer à l'observer dans les couloirs des urgences. Si Soumya s'en était rendu compte, elle n'était peut-être pas la seule. Et la dernière chose à laquelle j'avais envie de ressembler, c'était à un idiot énamouré qui était trop timide pour aller parler à la fille qui lui plaisait.

Mais alors, pourquoi n'avais-je pas agi avant ? Tout simplement parce que j'avais l'impression que si je lui posais la question sérieusement, et qu'elle refusait, je serais déçu.

C'était idiot, n'est-ce pas ?

Mais c'était un peu l'histoire du chien qui se mord la queue. Si je ne lui proposais pas sérieusement de sortir elle ne risquait pas de me dire non, mais elle ne risquait pas de dire oui, non plus...

Il fallait donc que je passe à l'action !

12

JOSÉPHINE

L'après-midi fut plutôt calme, et j'étais à l'accueil en train de remplir des papiers quand les pompiers arrivèrent avec un homme sur un fauteuil roulant.

Je reconnus sans peine un habitué de ces lieux, Jean, un sans domicile fixe. Il était escorté par trois pompiers, dont un que j'avais l'impression de voir tout le temps en ce moment : Matteo Rossi.

— Re-bonjour, lança-t-il à mon intention.

Je répondis par un léger signe de tête et me concentrai sur le patient. Son état n'avait pas l'air gravissime, j'aurais pu laisser une infirmière s'occuper de sa prise en charge. Mais j'étais là et disponible, alors autant le faire.

— Salut Jean, comment ça va aujourd'hui ?

— Comme ci comme ça, répondit-il en haussant les épaules.

— Il a une mauvaise toux depuis quelques jours, m'indiqua Matteo.

— OK, on va regarder ça, emmenez-le là-bas, dis-je en désignant un box.

Matteo poussa la chaise roulante dans cette direction tandis que ses collègues restèrent à l'accueil.

Je suivis le patient, et constatai par moi-même que Jean avait effectivement une toux sèche et pas jolie à entendre.

J'enfilai une paire de gants, et commençai à interroger Jean. Ses réponses étaient un peu vagues, et j'avais la nette impression qu'il n'était pas tout à fait sobre. L'odeur d'alcool bon marché l'accompagnant étant un sacré indice, je lui posai tout de même la question de savoir s'il avait bu, sachant qu'en médecine, il ne fallait pas seulement se fier aux apparences.

— Oh, pas grand-chose. Un verre, peut-être.

Je croisai le regard de Matteo, et celui-ci ajouta :

— Un verre seulement, Jean, tu es certain ? Ta bouteille avait l'air un peu plus entamée que ça.

— Ah... peut-être.

Je ne poussai pas plus loin l'interrogatoire, mais pensai qu'il faudrait ajouter un test d'alcoolémie aux examens à faire. J'annonçai :

— Il va falloir enlever votre T-shirt, je vais demander à quelqu'un de venir vous aider...

— C'est bon, je peux le faire, répondit Matteo. Enfin, si Jean est d'accord ?

Ce dernier ne semblait pas gêné par la situation et haussa les épaules. Je savais qu'il pouvait être vindicatif par moments, surtout sous l'emprise de l'alcool. Mais là, il était peut-être trop mal pour se rebeller.

Matteo s'occupa de lui avec une douceur qui me surprit. Mais tout en l'aidant, il lui parlait comme s'il s'agissait d'un ami à lui, sans cette distance qu'on a tendance à prendre avec quelqu'un dans cet état, et moi la première, je le reconnaissais.

— Alors, Jean, quels sont tes projets pour l'été ?

Sa question me paraissait saugrenue, et je faillis demander à Matteo s'il avait perdu la tête, mais entre deux quintes de toux, Jean lui répondit :

— Ah, j'hésite encore, Saint-Tropez ou quelque chose de plus calme, pourquoi pas la Suisse ?

— Très bonne idée, ça, l'air des montagnes. Je ne connais pas, mais il paraît que le drapeau est un vrai plus.

À ces mots, Jean éclata de rire, mais aussitôt se tint la poitrine avec une grimace qui ne m'inspirait rien de bon.

— Ça vous fait mal, Jean ?

— Oui.

— OK, laissez-moi voir ça. Et vous, dis-je en m'adressant à Matteo, je pense que vous feriez mieux de sortir.

Il hocha la tête et disparut. Je savais que ma réaction était un peu sèche, mais j'avais besoin d'écouter ce qu'il se passait dans la poitrine de cet homme. Et avoir Matteo qui racontait des blagues à côté, ce n'était pas vraiment idéal.

Quand je le revis quelques dizaines de minutes plus tard — je m'étonnais qu'il soit encore là — il vint vers moi.

— Comment va Jean ?

— Je pense qu'il a une pneumonie. Je viens de demander des examens complémentaires, on va le garder de toute façon.

— Ok, répondit-il avec un sérieux que je voyais rarement chez lui. Au moins, il aura un toit pour la nuit, un repas et une bonne douche.

— Oui.

Je m'apprêtais à continuer mon chemin, mais il dit :

— Désolé pour tout à l'heure... je ne voulais pas.

Ses excuses m'étonnèrent, j'avais déjà presque oublié l'incident. Je secouai la tête.

— Non, désolée, c'est moi. J'ai réagi un peu violemment.

Il me sourit, et l'idiote que je suis commença à ressentir une drôle de sensation dans son estomac. *Ce n'est qu'un sourire, Joséphine !*

— On est bons, alors ? demanda-t-il.

Je me demandais à quoi rimait cette question. Il ne pensait tout de même pas que je lui en voulais pour une blague stupide ?

— Euh... oui.

— Bien, alors parfait, car j'avais une...

— Rossi ! Arrête de jouer les jolis cœurs, et bouge tes fesses, on a déjà assez traîné, lança un des pompiers qui l'accompagnait tout à l'heure et qui venait vers nous.

— Apparemment ça chauffe à la caserne, on ne va pas tarder à devoir ressortir, il semblerait.

— Bon, eh bien, Jo...

Mais son collègue ne le laissa pas finir, une fois de plus.

— Il ne peut pas s'en empêcher. Dès qu'une jolie femme est dans les parages, il est obligé d'aller jouer les charmeurs.

Il ponctua sa phrase d'un clin d'œil. Et pour le coup, je me demandai si *lui* n'était pas du genre à se comporter comme ça.

Matteo leva les yeux au ciel, puis lança :

— Tu peux parler, toi !

— À la prochaine, Docteur Jo.

En s'éloignant, son collègue lui dit un truc tout en lui assénant une tape dans le dos. J'étais trop loin pour entendre, mais Matteo répondit par un coup de coude.

Pas de doute, c'était de vrais gamins. Des gamins qui se pensaient irrésistibles, avec leurs muscles et leur uniforme bleu marine.

Des pompiers normaux, quoi.

13

MATTEO

Tu craques pour elle ! se moqua Roméo.

— Putain ! Tu peux pas attendre d'être au camion pour te moquer de moi.

Je lui filai un coup de coude, histoire de le faire taire. Jo n'était qu'à quelques mètres derrière nous, et elle avait probablement tout entendu.

En plus, j'étais un peu en colère contre lui, à cause de son intervention, je n'avais pas eu le temps de demander à Jo si elle était libre demain soir.

— Qu'est-ce que tu t'en fiches, si elle entend ? C'est pas le but recherché ? Elle te plaît, tu lui plais, vous vous captez une fois vos gardes finies, et on n'en parle plus !

Je répondis par un regard noir, si bien qu'au moment de monter dans le camion, il prit un air ahuri et demanda :

— Non, mais attends... Elle te plaît vraiment ?

— Je ne vois pas ce qu'il y a d'étonnant là-dedans, tu ne vas pas nier qu'elle est très belle et...

— Non, mais je veux dire, c'est pas juste que tu as envie de la mettre dans ton lit. Elle te plaît dans le genre « tu envisages déjà de lui présenter ta tripotée de frères et sœurs, et de monter avec elle une nouvelle équipe de mini-Rossi ».

— Hein ? Mais où est-ce que tu vas chercher ça !

— Ah ! Tant mieux ! dit-il avec un soupir de soulagement. J'ai cru pendant quelques instants que j'avais perdu mon copilote.

Il grimpa dans l'ambulance et je fis de même. Mais malheureusement pour moi, il ne lâcha pas l'affaire pour autant.

— Tu sais, tu devrais lâcher l'idée de te faire le docteur Jo.

— Je suis vraiment obligé d'écouter ça ?

— Premièrement, je suis presque sûr qu'elle déteste les pompiers.

— Qu'est-ce que tu en sais ?

— Tu as vu comme elle nous prend de haut à chaque fois ? Elle nous regarde comme des insectes de bas étage. J'ai toujours l'impression d'être un gros lourd ignare quand elle est dans les parages.

— C'est pas le sentiment que tu as auprès de la moitié de la population féminine, ça ? Parce que quand tu leur sors tes techniques de drague apprises dans le manuel du parfait lourdingue, je te jure que certaines ont bien envie de t'étriper.

— Tu dis ça parce que tu es jaloux. Mais revenons à nos moutons, le docteur Jo déteste les pompiers. Je crois même qu'elle est sortie avec l'un d'entre nous, il y a quelques années. Mais ils ne sont plus ensemble.

— Si elle en fréquentait un, c'est qu'elle ne nous déteste pas autant.

— Faux. Il n'y a rien de pire pour une femme qu'un mec qui lui rappelle son ex avec qui ça s'est mal terminé.

— Est-ce que tu sais au moins que ça s'est mal terminé ?

— Tu connais des relations longues qui se finissent bien, toi ?

— Certains d'entre nous sont des adultes, et peuvent décider de prendre des chemins séparés sans pour autant se haïr, tentai-je.

— Nan, ça ne se finit jamais bien. C'est pour ça que toi et moi on stoppe avant que ça ne dégénère. Au moins, quand tu sais que ce n'est que pour une nuit, chacun fait sa part du contrat et tout le monde repart satisfait. Pas de ressentiment, c'est la solution parfaite.

Je me tus, car essayer de le faire changer d'avis, ce serait comme demander à un Platiste de croire que la terre est ronde. Beaucoup d'énergie à dépenser pour un résultat qui sera probablement nul.

— Bref, Docteur Jo, c'est pas une fille pour toi. En plus, je suis certain qu'elle ne donne pas dans le coup d'un soir. Et tu te vois débarquer aux urgences dans quelques jours, et qu'elle te dévisage avec un regard encore plus noir qu'à l'accoutumée ? Tu vas la croiser tout le temps, et un coup de scalpel dans le ventre est vite arrivé.

— T'es complètement barge... répondis-je en secouant la tête.

— Non, le plus barge des deux c'est toi. Envisager de voir cette fille en dehors du travail, c'est complètement con. Je comprends que ce soit tentant. Je n'étais pas aussi bien placé que toi lors de l'intervention chez ses parents, et ce qu'elle cachait dans cette baignoire avait l'air tout à fait appétissant. Mais crois-moi, je peux te trouver bien mieux si tu acceptes de sortir demain soir.

Nous étions arrivés à la caserne, et je quittai l'ambulance sans lui donner de réponse.

Nous eûmes à peine le temps de nettoyer l'ambulance et de la réarmer, que nous fûmes appelés sur une autre intervention. Cette fois-ci direction le port de Nice avec ce qui semblait être une chute.

À notre arrivée sur place, nous dûmes grimper sur un voilier. À l'intérieur de celui-ci, nous eûmes la surprise de rencontrer Jeannine. Surprise, car au vu de son tibia qu'on pouvait déclarer fracturé d'un seul coup d'œil, elle était étonnamment souriante.

— Comment vous avez fait ça ? demandai-je à la vieille dame qui était immobilisée près de l'escalier qui menait à l'intérieur du bateau.

J'avais déjà la réponse à ma question, mais j'avais besoin de vérifier à quel point elle souffrait, et si elle était désorientée ou non.

— J'ai raté une marche. Je suis désolée qu'on vous ait appelés, mais je n'arrive plus à me relever.

— Ne vous inquiétez pas, on va bien s'occuper de vous, la rassurai-je.

La vérité, c'était que la faire sortir de là fut périlleux. Déjà parce que l'espace était réduit et que pour la remonter sur une civière, la manœuvre était plutôt compliquée. Une fois le médecin du SMUR arrivé, il lui administra un calmant et nous commençâmes la manœuvre. Nous avions beau être nombreux, entre notre équipe et la leur, ce ne fut pas de tout repos. Une fois Jeannine hissée dans le cockpit, il fallait encore la débarquer, et sans la faire tomber à l'eau !

Nous empruntâmes la passerelle d'un bateau voisin, et tant bien que mal, Jeannine arriva dans notre ambulance sans encombre. Nous n'avions plus qu'à prendre la direction de l'hôpital.

— Ça va, Jeannine ? lui demandai-je.

J'étais resté à l'arrière de la camionnette avec le médecin du SMUR. Malgré le calmant administré un peu plus tôt, elle était consciente et je savais combien un transport de ce genre pouvait être angoissant. Alors je lui parlai de tout et de rien.

— Vous êtes en vacances, Jeannine ?

— Oh, vous savez, à mon âge, on est tout le temps en vacances ! répondit-elle.

— Pas faux. Mais quels sont vos plans pour cet été, alors ?

— Je dois m'occuper de mes petits-enfants quand ils seront en congés. Mais comment je vais faire, maintenant, avec ma jambe ?

— Eh bien pourquoi ce ne serait pas eux qui prendraient soin de leur grand-mère, cette fois-ci ? Ils ont quel âge ?

J'eus droit pendant les minutes qui suivirent à toutes les informations concernant sa nombreuse progéniture. On voyait clairement que cette femme était une grand-mère en or. Le médecin qui nous accompagnait souriait à ses anecdotes. Le moins qu'on pouvait dire, c'était que Jeannine était une patiente adorable.

— Je suis sûre que vous êtes le genre de grand-mère qui prépare de bons gâteaux à ses petits-enfants.

— Oh non ! Pas ça ! Je suis une cuisinière affreuse.

— Oh mince alors ! Moi qui pensais que vous étiez parfaite.

— Non, je suis limite dangereuse en cuisine !

— Vraiment ?

L'ambulance se stabilisa et je savais que nous étions arrivés aux urgences.

— Jeannine, vous savez qui est la mamie la plus dangereuse ?

— Vous voulez dire à part moi ?

J'adorais son sens de l'humour, même dans une situation plutôt critique.

— Oui, malheureusement, vous ne faites pas le poids face à Mamie Traillette.

Elle éclata d'un rire discret, et le médecin secoua la tête. La porte de l'ambulance s'ouvrit, et il était temps pour nous de la sortir du véhicule.

Alors que je poussais le brancard, elle attrapa ma main.

— Merci, dit-elle.

— Mais de rien, ce fut très agréable d'avoir une personne aussi charmante que vous à transporter.

— Non, pas pour le petit voyage. Pour m'avoir distraite pendant celui-ci. Je sais que vous n'étiez pas obligé, et vous avez évité que je m'angoisse de trop.

— Mais de rien, Jeannine. Maintenant, ils vont bien s'occuper de vous ici aussi. Regardez ça, l'infirmière la plus sympathique de tout le service vient justement d'arriver.

Soumya secoua la tête en entendant la façon dont je l'avais présentée, mais sourit tout de même.

— Bonjour, madame. Comment s'est passé le transport ? lui demanda-t-elle.

— Oh, très bien. Ce n'est pas tous les jours que j'ai un aussi charmant jeune homme à mon chevet.

C'était confirmé, j'étais définitivement fan de Jeannine.

Alors que nous arrivâmes dans un box, Soumya lui dit :

— Ne vous fiez pas à ses belles paroles, vous en ressortirez le cœur brisé, Jeannine.

— Eh, qu'est-ce que j'ai fait pour mériter cette remarque ? m'indignai-je.

Elle ne répondit pas tout de suite, car c'était le moment où nous devions soulever Jeannine pour la passer du brancard au lit d'hôpital. Mais une fois l'opération réalisée, Soumya me balança par-dessus le lit :

— Une certaine personne vient de m'avouer que son seul plan pour demain soir, c'était de regarder la télé avec ses parents, alors j'en conclus que tu n'as pas eu le courage de l'inviter ?

— Ce n'est pas que...

— Ah, j'avais raison, alors ! Tu as vraiment l'intention de sortir avec le docteur Jo ! s'exclama Roméo.

— Le docteur Jo ? Comment est-elle ? demanda Jeannine.

Elle eut la réponse immédiatement, puisque celle-ci entra justement dans le box en déclarant :

— Bonjour, madame. Je suis le docteur Joséphine Toussaint. Alors, il paraît que vous avez fait une mauvaise chute ?

14

JOSÉPHINE

La vieille dame allongée dans le lit me sourit très amicalement. Puis ses yeux firent des allers-retours entre Matteo et moi.

— Elle est très jolie, vous avez raison, dit-elle en s'adressant au pompier.

— Depuis quand est-elle désorientée ? demandai-je, pensant que la patiente n'avait pas compris ma question.

— Je ne suis pas désorientée, docteur. Mais voyez-vous, nous étions justement en train de parler de vous juste avant que vous ne rentriez. Ce jeune homme a paraît-il un petit faible pour vous, et votre collègue infirmière était en train de lui dire qu'il devrait vous inviter à sortir.

— Et il semblerait que vous soyez justement disponible tous les deux demain soir, compléta un autre pompier qui avait accompagné Matteo toute la journée.

Si mes souvenirs étaient exacts, il était aussi présent chez mes parents quand la grue s'était écroulée.

Pendant une seconde, je restai sans voix. Mes yeux allèrent vers la patiente qui semblait ravie de jouer les entremetteuses. Puis vers Matteo qui portait l'embarras bien visible sur son visage. Je me tournai ensuite vers Soumya, et compris à son regard fuyant qu'elle était la source en ce qui concernait mon agenda du week-end.

Je me raclai la gorge, histoire de me donner une contenance, et pris le parti de faire comme si je n'avais rien entendu. Moi-même j'étais mortifiée, et la meilleure façon d'affronter tout ça, c'était encore de faire ce que je savais faire le mieux : mon travail.

— Je vais regarder votre jambe, madame.

Matteo s'éclipsa aussi vite que s'il avait un feu à aller éteindre dans le couloir, et moi j'essayai de faire comme si je ne l'avais pas remarqué.

Quelques minutes plus tard, j'annonçai à Jeannine, puisqu'elle m'avait demandé de l'appeler par son prénom :

— On va vous envoyer faire quelques radios.

— Merci, Docteur. Dites, vous me tiendrez au courant ?

— Oui, bien sûr, dès qu'on saura exactement comme est la fracture...

— Non, je veux dire... ce pompier très mignon qui m'a accompagnée jusqu'ici. Est-ce que vous allez accepter de sortir avec lui ?

J'étais en pleine hallucination. Depuis quand les patients me posaient-ils des questions sur ma vie personnelle ? Je m'apprêtais à lui répondre poliment de se mêler de ce qui la regardait, mais alors que je croisai son regard, je n'en eus pas le courage. Elle était plutôt mignonne dans son lit avec son sourire omniprésent. D'autres à sa place seraient en train de se tordre de douleur, voire de m'insulter. Et j'avais toujours eu un faible pour les petites mamies sans filtre.

— Je ne pense pas que je vais accepter.

— Je peux vous demander pourquoi ?

Encore, une fois, elle se montrait bien trop curieuse. Je répondis néanmoins :

— Je ne sors pas avec les gens avec qui je travaille.

Elle hocha la tête avec un air entendu.

— Oh, je vois. Mauvaise expérience ?

— Quelque chose comme ça.

— Eh bien dans ce cas, je vous souhaite de trouver quelqu'un d'autre. Mais ma petite, croyez-en ma longue expérience, ça ne vous arrivera pas si vous passez vos samedis soir à regarder la télé avec vos parents.

Elle tapota ma main de la sienne. Et moi je restai un peu sonnée. Non, mais dans quelle réalité je me trouvais ? Apparemment une où le respect de ma vie privée n'existait pas.

Je quittai la chambre bien décidée à passer un savon à quelqu'un. Qui, je ne le savais pas encore, du moins jusqu'à ce que je repère la silhouette de Matteo.

— Matteo !

Il se retourna, m'adressa son sourire signature qui disparut aussitôt lorsqu'il constata mon air furieux.

— Suis-moi, aboyai-je.

Il m'emboîta le pas, et je me rendis dans le premier endroit où je savais que nous serions au calme. Contrairement à d'autres, je n'aimais pas discuter de ce genre de choses en public.

Je refermai la porte du placard à fournitures après avoir allumé la lumière. La pièce n'était pas bien grande, mais on pouvait tout de même s'y tenir tous les deux, tout en gardant une distance plus que raisonnable entre nous.

— C'était quoi ce cirque dans la chambre de Jeannine, tout à l'heure ? explosai-je.

Je n'avais vraiment pas apprécié l'expérience, et je comptais bien le lui faire comprendre.

— Eh bien...

— Ici, c'est mon lieu de travail, Matteo ! Ça t'amuse peut-être de discuter de ta vie perso avec les patients, moi je n'aime pas du tout ça ! Je...

— Mais je n'ai rien fait ! me coupa-t-il à son tour.

— Jeannine, Soumya et Roméo ont commencé à parler de toi et...

J'étais trop énervée pour le laisser continuer.

— Écoute Matteo, tu m'as peut-être vue totalement nue...

— Partiellement.

— Pardon ?

— Je ne t'ai pas vue entièrement nue. Je n'ai pas regardé.

— Peu importe.

— Si, ça a une importance. J'ai quelques manières, vois-tu.

— Génial. Mais le fait est que s'il n'y avait pas eu cet incident de grue, on ne se connaîtrait même pas.

— Moi, je te connaissais.

Je restai une seconde interdite, il en profita pour développer :

— Moi je savais très bien que tu étais le docteur Joséphine Toussaint des urgences quand je t'ai vue dans cette salle de bains.

— Je t'ai donné mon nom avant que tu ne me voies.

— Oui, mais quand tu me l'as donné, je savais exactement qui tu étais.

— OK, mais on ne peut pas dire *qu'on se connaissait.*

— C'est ça, en fait, qui t'embête ? Le fait que tu penses que je t'ai vue nue ? C'est pour ça que tu m'évites comme la peste par moments.

— Je ne fais pas ça !

— Permets-moi d'en douter.

— Bon et donc, même si je mens, qu'est-ce que ça peut faire ?

— Tu n'as pas à le faire, puisque comme je viens de te l'avouer, je n'ai pas regardé.

— Ça, c'est toi qui le dis. Et puis...

Ce petit jeu de ping-pong m'embrouillait l'esprit. Oui c'était ça. Et pas son regard vert qui pétillait d'amusement, ou sa fossette qui se creusait sur sa joue.

— Bref ! Je n'aime pas qu'on parle de choses personnelles devant les patients.

— Je me répète, je ne l'ai pas fait. Ta copine infirmière a suggéré ce matin que tu étais libre demain, et que je devrais t'inviter à boire un verre.

— Quoi ? Soumya a fait ça ?

J'étais sidérée. Moi qui l'avais toujours considéré comme une femme exceptionnelle, elle venait de perdre des points dans mon estime.

Mais du coup... est-ce que je m'étais emportée à tort contre Matteo ? Oh merde, était-il en train de penser que je m'intéressais à lui et... punaise ! Cette situation devenait encore plus embarrassante qu'auparavant.

— Je...

— Si tu es disponible demain soir...

— Non, j'ai des projets. Des tas de projets.

La dernière chose dont j'avais besoin, c'était qu'il m'invite par pitié.

— Comme celui de regarder un jeu télévisé avec tes parents ? s'amusa-t-il.

Sa remarque me piqua au vif.

— Je ne regarde pas de jeux télévisés ! Et puis mes parents sont là car ils n'ont plus de toit, pour rappel.

— Oh, crois-moi, j'en ai un souvenir assez... visuel ?

Il prononça cette dernière phrase avec un air de défi. Il mentait donc pour l'histoire de m'avoir vue nue ? Mais il venait de dire le contraire !

— Je ne sortirai pas boire un verre avec toi.

— Ça, je l'avais bien compris. Tu as des *projets*.

Son emphase confirmait qu'il n'en croyait pas un mot.

— Oui, et maintenant, j'ai du travail.

— Je m'en doute.

Il me dévisageait avec cet air amusé qui lui était familier, et les bras croisés sur sa poitrine.

— Il faut donc qu'on sorte de ce placard.

— Ça fait très Grey's Anatomy comme situation, tu ne trouves pas ?

— Non, je ne trouve pas, mentis-je.

Il n'avait pas totalement tort. Qui se disputait dans un placard à fournitures ? Mais il était hors de question que je lui donne raison, on savait tous ce qu'il se passait dans les placards ou les ascenseurs, dans cette série.

— OK. Alors au revoir.

— Au revoir. Mais tu sais, je vais avoir du mal à sortir, si tu ne bouges pas de devant la porte.

— Ah... euh, oui. Tu as raison.

Je m'effaçai, et il me frôla en sortant. Mon traître de cerveau repensa à l'instant où il m'avait prise dans ses bras pour m'aider à sortir de la salle de bains de mes parents.

Je secouai la tête. Matteo était parti.

Le lendemain, alors que j'étais sur mon canapé, à côté de mes parents qui avaient insisté pour regarder un concours de chant à la télé, j'eus un instant où je me demandai s'il était vraiment sérieux avec son invitation. Si je lui avais proposé, moi, d'aller boire un verre, est-ce qu'il aurait accepté ?

Mais rapidement je chassai cette idée. Cela rimerait à quoi ? OK, il était plutôt attirant... très attirant, même. Mais c'était un beau parleur. Et j'étais presque certaine que nos attentes après ce fameux verre n'étaient pas les mêmes. Il cherchait certainement quelqu'un pour la nuit, et moi...

Je ne savais pas trop ce que je cherchais. J'avais été tellement déçue, il y a deux ans. Mais les coups d'un soir, ce n'était pas mon truc. Je ne savais pas si j'étais prête à m'engager dans une nouvelle relation comme j'avais pu le faire auparavant, mais j'avais bien l'intention d'avoir une sorte de Happy End un jour. Mais certainement pas avec un pompier.

15

JOSÉPHINE

J'avais commencé ma journée avec une sale migraine, et de mauvaise humeur. Ma mère avait réussi à bloquer ma machine à café en voulant la nettoyer, si bien que j'étais arrivée vierge de toute dose de caféine au travail. Et comme je n'étais pas de garde aux urgences, mais pour le SMUR, Soumya n'était pas là pour me fournir ma dose habituelle.

— On a un appel. AVP sur la voie Mathis, apparemment la conductrice a reçu un choc plutôt violent et serait coincée dans l'habitacle, annonçai-je à l'infirmier qui devait m'accompagner.

Je montai à l'avant à côté du conducteur et lui donnai les instructions pour rejoindre le lieu de l'accident. Je n'avais que peu d'informations sur celui-ci ou l'état de la patiente. Je n'avais pas de café, mais je comptais sur l'adrénaline pour me sauver la mise.

Il ne nous fallut que quelques minutes pour arriver sur le site. La police avait dévié une partie de la circulation, dense à cet endroit, et établi un périmètre de sécurité. Une ambulance de pompier était sur place, ainsi qu'un autre véhicule pour transporter du matériel. Cela n'augurait rien de bon.

Je sortis de notre véhicule alors qu'un pompier venait vers moi en courant. Je reconnus immédiatement Matteo Rossi.

— Qu'est-ce qu'on a ?

— La conductrice est consciente, mais elle souffre de la jambe, et se plaint de douleurs dans le dos. On lui a posé un collier cervical, et on est en train de voir comment on va découper la carrosserie. On n'arrivera pas à la sortir sans ça.

Je m'approchai du véhicule, et constatai par moi-même que la situation était critique. La petite voiture s'était encastrée dans celle de devant, et avait plié comme un accordéon, emprisonnant dans ses plis de tôle sa conductrice.

— Pas d'autre victime ?

— Non, le conducteur de devant est indemne.

— OK, il va vous falloir combien de temps ?

— Difficile à dire. Il faut qu'on y aille doucement.

Il baissa la voix avant d'ajouter :

— Elle est paniquée, on ne peut pas y aller comme des bourrins.

— OK, je vais aller lui parler.

— Elle s'appelle Loriane.

Je me demandai pourquoi c'était important que je le sache, mais à la seconde où mon regard croisa celui de la pauvre malheureuse, je compris. Je n'allais pas appeler cette femme Madame. Déjà, elle devait avoir sensiblement mon âge, ensuite, elle avait besoin d'espoir. Elle était prisonnière d'une carcasse de métal, elle avait probablement de multiples contusions, à ce stade, personne n'était capable de prédire les minutes qui allaient suivre. Et surtout pas elle.

Quand les patients arrivent aux urgences, ils ont déjà vécu bien des choses. Ils ont parfois déjà été rassurés par les équipes de secours. Là, la vie de cette jeune femme venait de basculer en quelques secondes. Depuis trop peu de temps pour qu'on ait pu poser un diagnostic, mais depuis assez longtemps pour que l'angoisse l'ait envahie.

— Bonjour Loriane, je suis le docteur Jo. Je vais vous examiner. Où avez-vous mal ?

Elle sanglotait et criait, mais à part me répéter qu'elle avait mal, elle était incapable de me dire où.

— Loriane, j'ai besoin que vous m'aidiez. Mon collègue va vous poser une perfusion pour vous aider avec la douleur, et vous faire sortir, mais j'ai besoin de savoir où vous avez mal ?

Sa jambe était en piteux état, je soupçonnai une double fracture, et plusieurs autres ailleurs dans son corps, mais il était impossible d'en avoir la certitude sans images. Elle avait des bouts de verre de son pare-brise incrustés dans le visage, mais surtout, elle était paniquée.

Matteo entra dans la voiture par la portière passager et attrapa la main droite de Loriane. D'une voix très calme que je ne lui connaissais pas, il lui dit :

— Loriane, restez calme. Nous sommes tous là pour vous aider. Mais pour nous aider à vous sortir de là le plus vite possible, on a besoin que vous répondiez aux questions du médecin.

Il continua ensuite sur le même ton à lui répéter encore et encore qu'il ne la quitterait pas, qu'il lui tiendrait la main tant qu'il le faudrait. Petit à petit, la victime se calma, et fut en mesure de me donner quelques indications sur les douleurs qu'elle ressentait.

Pendant ce temps, le reste des pompiers s'affairait à préparer le découpage de la carrosserie.

Il fallut couvrir Loriane pour ne pas risquer qu'elle reçoive des débris. Et le fait de lui cacher la vue fit repartir sa crise de panique. Matteo me rejoignit de mon côté pour ne pas gêner la manœuvre, mais fit en sorte de toujours garder un contact avec elle, que ce soit en touchant sa main, ou son épaule, suivant ce que les manœuvres permettaient.

Ses collègues coupèrent le pare-brise puis les montants soutenant le toit de la voiture. L'opération prit une bonne vingtaine de minutes.

— Loriane, je vais devoir vous donner un calmant un peu plus fort. Vous risquez d'être un peu dans les vapes, mais c'est pour éviter que vous n'ayez mal à votre jambe lorsqu'on va vous sortir, l'informai-je.

Nous basculâmes son siège au maximum pour essayer de faire glisser la civière entre celui-ci et son dos. Mais les cris de Loriane démontraient que malgré les médicaments, elle souffrait le martyre.

L'opération était délicate ; entre les pompiers et mon équipe, nous étions nombreux, mais vu le peu d'espace que nous avions, c'était très compliqué. Mais nous y parvînmes, et quand je vis Loriane entrer dans l'ambulance des pompiers, je fus soulagée. C'était loin d'être fini, mais c'était déjà une belle étape de franchie.

— Docteur ! m'interpella un des policiers.

Il s'approcha et ses traits me paraissaient vaguement familiers, pourtant j'étais presque certaine de ne jamais l'avoir rencontré.

— Oui ?

— Le conjoint de la victime est là. Est-ce que je peux le faire venir deux minutes ?

Il me désigna un homme qui patientait près de la voiture de police, il avait l'air de se ronger les sangs.

— Oui, mais rapidement.

Il lui fit signe de s'approcher, et je le prévins :

— Vous avez deux minutes.

Il grimpa dans la camionnette, et Matteo qui venait de nous rejoindre déclara :

— Je savais qu'au fond de toi, tu es une grande romantique.

— Je lui laisse deux minutes, si ça peut aider la patiente à se calmer, ce n'est pas plus mal.

— Oh je vois, c'est purement par intérêt, alors ?

Je lui lançai un regard agacé.

— On peut éviter de jouer à ça ?

— Quoi, ça ?

— Ce petit jeu où je fais un truc, et tu fais une remarque juste pour m'ennuyer. Je ne suis pas d'humeur aujourd'hui.

— Ils n'ont pas de café, au SMUR ? Ou c'est juste parce qu'il te manque ta tasse préférée ?

J'ouvris la bouche, un peu décontenancée par le fait qu'il ait mis le doigt là-dessus. Mais je le fus davantage quand j'entendis le policier rire.

Génial, il avait assisté à tout ça.

— Matt, laisse le *docteur Jo* tranquille.

À la façon dont il prononça mon nom, j'eus la désagréable impression qu'ils avaient déjà parlé de moi. Mais quand ? Mes yeux firent des allers-retours entre les deux hommes, jusqu'à ce que le policier s'avance d'un pas.

— Je pense qu'on n'a pas été présentés, je suis Giovanni Rossi, le frère de ce grand dadais.

— Euh... enchantée. Mais vous êtes combien, en fait ?

Giovanni me décrocha un sourire qui devait lui valoir pas mal de succès, j'en étais certaine.

— Quatre frères et une sœur. Je crois que c'est vous qui avez accueilli Livio aux urgences, non ?

— Oui, c'est exact.

Il hocha la tête et je ne pus m'empêcher de noter quelques similitudes avec son frère, même si lui était brun et plus petit. Ils avaient les mêmes yeux verts, même si étrangement je trouvais plus de charme à ceux de Matteo.

— Et alors, docteur, qu'est-ce que vous pensez...

— Je crois qu'il va falloir y aller, là ! lança Matteo.

Il avait raison, il ne fallait pas qu'on traîne, la patiente avait besoin de soins.

On demanda à son conjoint de sortir, et au moment où celui-ci descendit de l'ambulance, je m'écartai pour le laisser passer.

— Attention !

L'action se déroula très rapidement, une seconde j'étais sur la route à côté de la camionnette, celle d'après j'étais plaquée contre... un torse ?

Mon visage se retrouvait contre un T-shirt bleu marine qui sentait une odeur familière. Une odeur similaire à un autre vêtement qui se trouvait... actuellement chez moi. Le T-shirt que Matteo m'avait donné le jour où il m'avait sortie de la salle de bains.

Je me dégageai de son emprise.

— Mais qu'est-ce que tu fais ?

— En t'écartant, tu étais sur le bord de la voie et une moto était en train de dépasser en contournant les plots. Elle a failli te percuter.

Je tournai la tête, mais la moto avait disparu. Cependant Giovanni, qui se trouvait à côté, râla :

— Punaise, certains n'ont aucune limite ! Tout ça pour gagner dix secondes sur son trajet.

Un peu sonnée, je constatai que Matteo tenait toujours mon coude. Est-ce que je fis un mouvement pour qu'il me lâche ? Pas vraiment. Mais j'annonçai :

— Il faut vraiment qu'on y aille, maintenant.

— Je monte à l'arrière avec toi.

Ce n'était pas vraiment nécessaire, mais je ne déclinai pas la proposition. Moins d'une minute plus tard, nous faisions route, toutes sirènes hurlantes, vers l'hôpital.

16

MATTEO

La patiente était stable et endormie. Joséphine lui avait administré un calmant plus fort pour éviter qu'elle souffre. Elle allait de toute façon devoir être opérée à son arrivée à l'hôpital.

— Merci pour tout à l'heure, dit-elle au bout d'un moment.

— Je n'ai fait que mon travail.

— Tu as été super avec Loriane, je ne sais pas si j'aurais été capable d'être aussi sereine que toi.

— Malheureusement, je n'en suis pas à mon premier accident de la route. Et j'en ai vu des bien pires que celui-ci.

Je ne mentais pas. La patiente d'aujourd'hui aurait certainement des opérations, et devrait faire de la rééducation. Elle allait passer plusieurs jours à l'hôpital. Mais elle était vivante. Tous n'ont pas cette chance.

Je songeai alors à la convocation que j'avais reçue concernant cet accident avec ce couple d'Antibois. Les efforts que nous avions déployés ce jour-là n'avaient malheureusement pas évité une issue fatale.

— En fait, ce n'était pas pour ça que je te remerciais, mais pour le fait de m'avoir évité un accident à moi.

La remarque de Jo me tira de mes pensées.

— Mais de rien, j'adore sauver les jolies filles.

Elle ne réagit absolument pas.

— Ce manque de caféine commence à devenir évident, plaisantai-je.

Je pensais qu'elle m'enverrait une pique bien sentie, mais au contraire, elle passa une main sur son visage, puis ronchonna :

— M'en parle pas, j'ai l'impression d'être un zombie ! Ma mère a bloqué la cafetière de la maison, et j'ai pas su faire marcher celle du SMUR, et après on a été appelés, de toute façon.

— Courage, tu seras bientôt de retour à l'hôpital, tu pourras avoir ta dose.

— On dirait que tu parles à une droguée.

— Ce n'est pas le cas ?

— Si, je l'avoue, grimaça-t-elle.

— C'est bien ce que je pensais. Tiens, ça me rappelle une devinette. Tu sais quel est le café préféré des Espagnols ?

— Aucune idée.

— Le café olé bien sûr.

Elle secoua la tête, et je vis un sourire ourler ses lèvres.

— Elle est nulle.

— Elle t'a fait rire.

— Oui, mais...

— Tu es décaféinée, on le sait. Promis, ça restera entre nous.

Elle m'adressa un regard énigmatique, puis finit par demander :

— C'est ton truc, ça, non ?

— Quoi ?

— De balancer des petites vannes pourries pour détendre les patients.

— Je ne vois pas de quoi tu parles, mentis-je.

— L'autre jour, le gamin qui s'était fait mal au foot, quand tu lui as demandé ce qu'il fallait qu'il demande au coiffeur...

— La coupe du monde ? Elle n'est pas pourrie, celle-là ! Et si je me souviens bien, elle a fait rire pas mal de monde.

Elle n'eut pas le temps d'ajouter quoi que ce soit, car nous étions arrivés.

Nous sortîmes Loriane de l'ambulance et l'emmenâmes aux urgences. Jo fit immédiatement le point avec le médecin présent sur place, tandis que nous nous appliquions avec mes collègues à transférer la patiente sur un lit d'hôpital, aidés par le personnel hospitalier.

Quand je ressortis de la chambre où était installée la patiente, je ne trouvai pas Jo. Mais j'eus une idée. Et comble de la chance, je tombai sur Soumya dans un couloir.

— J'ai une question capitale pour toi, Soumya. Où trouve-t-on le meilleur café de l'hôpital ?

— Facile, c'est en réa dans la salle des infirmières. La chef est italienne, et exige la meilleure came possible.

— Génial ! Je savais que je pouvais compter sur toi.

Je fis un pas dans le couloir, puis stoppai.

— La réa est au deuxième, précisa Soumya qui avait dû comprendre mon hésitation.

— Merci !

— Oh, et Matteo, Jo le prend avec deux sucres.

Elle ponctua sa phrase d'un clin d'œil, et je ne pris la peine de démentir.

Heureusement pour moi, je ne croisai qu'une infirmière en réa, qui ne me demanda même pas pourquoi je venais me servir en café chez eux. Je priai ensuite pour recroiser Jo avant que je doive repartir, et avant que mon précieux breuvage ne refroidisse.

Je m'étais posté juste à la sortie de la chambre où se trouvait Loriane, de telle façon que lorsqu'elle sortirait, il lui serait impossible de me rater.

Quand ce fut le cas, son regard se posa immédiatement sur la tasse de café dans mes mains. Elle monta ensuite vers mon visage et je lui souris. Sa question silencieuse devint un pétillement au fond des yeux que je m'en serais voulu de rater.

— C'est pour moi ?

J'étais tenté de lui répondre que non, c'était pour l'autre médecin sexy de la salle en manque de caféine, mais je ne le fis pas.

— Merci, dit-elle en prenant le précieux breuvage dans ses mains.

Elle le porta ensuite à ses lèvres. Paupières fermées, elle le dégusta comme s'il s'agissait du meilleur des nectars, et moi je ne ratai pas une miette du spectacle. Je notai le petit soupir satisfait, avant qu'elle ne déclare :

— Il est délicieux, en plus. Merci, vraiment.

— J'espère que tu passeras une meilleure journée, du coup.

— Je ne garantis pas de tenir le choc jusqu'à ce soir. Mais c'est déjà un bon début. Et je vais bien trouver une machine à café quelque part.

— On m'a dit que celle de la réa était pas mal.

— Je n'y crois pas ! Tu es allé piquer le café des infirmières en réa ! Je n'ai jamais eu le droit d'en avoir.

— Que veux-tu, j'ai su y faire.

Je n'allais tout de même pas avouer que ma réussite était en grande partie due à la chance.

— J'imagine... Un sourire enjôleur, une petite blague, je vois tout à fait comment tu as dû t'y prendre. Mais bon, je ne vais pas critiquer, grâce à toi j'ai du café.

Je fus vexé une seconde qu'elle ait cru que j'aie dû user de mes charmes pour parvenir à mes fins, mais comme je l'avais plus ou moins sous-entendu moi-même...

— Euh... je me disais, c'est tout de même la troisième fois que je te sauve la vie, lançai-je pour changer de sujet.

— Trois fois ?

— Oui, la première c'était dans la salle de bains.

— Soit.

— La deuxième, sur la route tout à l'heure.

— Ouais, peut-être qu'il aurait dévié sa trajectoire.

— Si on part comme ça, on ne sauve jamais personne.

— OK, je veux bien.

— Et la troisième fois, avec ce café.

Elle rit, et ce fut une des premières fois que je l'entendis faire ça de si bon cœur. Par contre, elle avait un rire... pas génial.

Je dus changer de tête ou quelque chose de ce genre, car elle plaqua une main devant sa bouche et écarquilla les yeux.

— Oh pardon !

— Mais non, non, ne t'excuse pas de rire. Je suis ravi de t'entendre rire. On dit que si on arrive à faire rire une femme...

Je ne continuai pas, car je me rendis compte que ce n'était pas le genre de choses qui allait me faire gagner des points auprès d'elle.

— J'ai un rire horrible, je le sais.

— Je ne dirais pas ça. Plus qu'il n'est pas conventionnel ?

— Non, il est horrible, je le sais. C'est pour ça que j'évite de rire en public, d'ailleurs.

— Éviter de rire en public ? Ce n'est pas un peu radical ? Ce n'est pas comme si c'était un truc que tu pouvais contrôler en plus.

— Ouais, mais je déteste quand les gens bloquent là-dessus.

— Tu ne devrais pas, ce n'est qu'un rire…

— Chacun a ses complexes, dit-elle un brin sur la défensive. Enfin, peut-être pas toi, mais moi je n'aime pas que les gens m'entendent rire.

Je trouvai ça d'une tristesse affligeante, mais je préférai lui dire à la place :

— Eh bien, ne te retiens pas de rire en ma présence. Maintenant que je suis au courant…

Elle me dévisagea comme pour jauger si j'étais assez fiable pour garder son secret, ou s'il fallait qu'elle m'exécute dès maintenant.

— Promis, je n'en parlerai à personne.

— OK.

— Par contre, vu que je suis au courant de ton vilain petit secret, et étant donné que nous avons établi que je t'ai sauvé trois fois la vie… je me demandais si tu accepterais de sortir avec moi, un soir ?

Elle ouvrit la bouche et sembla étudier la question pendant quelques secondes. J'avais l'espoir qu'elle accepte. Je savais que j'avais marqué des points avec l'histoire du café. Mais quelque chose changea dans son regard, juste avant qu'elle ne réponde :

— Je ne pense pas que ce soit une bonne idée, Matteo.

17

JOSÉPHINE

Après ma garde au SMUR, je n'avais pas envie de rentrer chez moi. J'avais pris ma douche à l'hôpital, enfilé des vêtements propres, et j'étais sortie faire un tour en ville.

Ma balade m'avait emmenée dans le restaurant d'Alix, où elle se préparait pour le service du midi.

— Donc, ça fait deux fois que tu lui dis non ?

— Deux fois ?

— Oui, il me semble qu'il te l'avait déjà proposé quand tu l'avais retrouvé devant la chambre de son frère.

— Non, mais il n'était pas sérieux, cette fois-là.

— Tu sais que parfois, les gens disent des choses sur le ton de la plaisanterie, mais parfois ils le pensent vraiment...

Devant mon air médusé, elle ajouta :

— Oui, enfin pas toi. Mais le reste du monde, si.

— Je... je pense que je lui plais, oui, mais...

— Tu lui plais, il te plaît, alors pourquoi tu lui dis non ?

— C'est un pompier, Alix !

— Et alors ? Il y a des trous du cul et des gens bien dans chaque profession ! Regarde-toi ! Tu es médecin, et tu ne vas pas me dire que tu n'as jamais croisé de confrère que tu aies eu envie d'écorcher vif.

— J'ai quelques noms, en effet.

— Et il y en a aussi que tu trouves supers.

— Oui.

— Alors pourquoi les mettre dans le même panier alors qu'ils ont juste la même profession ?

— C'est sûr...

Je déchiquetai une serviette en papier qui traînait sur le bar, perdue dans mes pensées.

— Jo, Romain n'était même pas vraiment pompier, il était volontaire.

— Je sais. Mais tu ne peux pas nier que beaucoup d'entre eux sont... Ce sont des coureurs, ils pensent que parce qu'ils portent un uniforme, ils n'ont pas d'efforts à faire et...

— Je crois surtout que tu fais de quelques cas particuliers une généralité.

— Tu as peut-être raison, soupirai-je.

Mais au fond de moi, j'avais tout de même beaucoup de doutes. Matteo avait des aspects charmants, mais il me donnait l'image d'un homme qui ne prenait rien au sérieux, surtout pas ses relations avec les femmes.

Je rentrai chez moi à l'heure du déjeuner, et sans surprise, mes parents étaient là. Une agréable odeur s'échappait de la cuisine, et mon estomac gronda de plaisir.

En m'approchant, je constatai qu'ils étaient en train de cuisiner, tous les deux. Ils ne m'avaient pas entendue, et je restai quelques secondes à les observer. Ces deux-là étaient mariés depuis 35 ans, se connaissaient depuis presque 40 ans, et étaient inséparables, même si leur passe-temps favori était de se chamailler. Mais à les voir tous les deux côte à côte, on aurait dit de jeunes amoureux qui venaient de se rencontrer.

— Oh, Joséphine, tu es là ! s'exclama maman en me voyant sur le pas de la porte. On ne t'avait pas entendue.

Je m'approchai pour les embrasser tour à tour, puis demandai :

— Qu'est-ce que vous préparez ?

— Des accras, et un féroce, répondit mon père.

— Mmh, repas martiniquais en vue, c'est super.

— On s'est dit qu'après ta garde, un bon repas te ferait du bien, ajouta maman.

Tout à coup, je m'en voulus d'avoir traîné à rentrer, voire d'avoir envisagé de déjeuner au restaurant d'Alix.

— Je vais poser mes affaires et j'arrive.

Quand je ressortis de ma chambre, ma mère m'attendait.

— Je suis désolée pour ta machine à café, ma chérie. On l'a emmenée chez le réparateur avec ton père, ce matin. Il nous a promis qu'elle serait comme neuve dans quelques jours.

Elle avait l'air si embarrassée que je n'eus pas le cœur de lui dire que « quelques jours » me semblait déjà beaucoup trop long.

— Je me disais, peut-être que ton père et moi, on devrait aller s'installer à l'hôtel. Après tout, l'assurance…

Cette fois-ci, je me sentis vraiment mal.

— Non, maman ! Restez ici, vous ne me dérangez pas, voyons. Je suis rarement là, en plus.

— Justement, on se dit que vu le peu de temps que tu passes ici, tu voudrais peut-être être un peu tranquille et…

— Non, je t'assure. Et regarde, vous m'avez fait à déjeuner, c'est génial.

Son sourire réapparut, et elle se pencha un peu plus vers moi, comme si elle souhaitait me faire une confidence.

— On ne voudrait surtout pas que tu te sentes gênée par notre présence. On comprend que tu es une jeune trentenaire active, et...

— Où tu veux en venir exactement, maman ?

— Tu as probablement un petit ami, même si tu n'es pas prête à nous le présenter.

— Euh... non, maman, je n'ai pas de petit ami.

— Ah, répondit-elle déçue, avant de pencher la tête et de m'observer.

Elle répéta :

— Ah !

Comme si elle avait une révélation soudaine.

— Ça veut dire quoi, ça ?

— Je sais que je suis parfois vieux jeu, et puis comme Marguerite a épousé son petit copain du lycée... Enfin bref, je comprends, tu as le droit de t'amuser, et de disposer de ton corps comme bon te semble.

Là, elle commençait vraiment à m'inquiéter.

— Mais je comprends du coup que si ton père et moi sommes là, c'est plus compliqué pour toi. Est-ce que c'est pour ça que tu prétendais avoir autant de gardes ? Tu passais la nuit ailleurs ? Tu sais, je peux comprendre. Même si ce n'est pas comparable, moi-même avant ton père...

— Maman !

Je ne souhaitais surtout pas qu'elle poursuive cette phrase. J'étais même prête à payer pour ça.

— Quand je t'ai dit que j'étais en garde, j'étais en garde.

— Tu n'as pas découché une seule fois, à part pour aller travailler ? demanda-t-elle étonnée.

— Non ? Où veux-tu que j'aille ? J'ai passé l'âge de faire des soirées pyjamas avec mes copines.

— Oh. Mais alors tu... tu ne vois jamais d'homme ?

Elle posait cette question comme si c'était un choc pour elle.

— J'en vois toute la journée au travail. Mais si ta question c'est de savoir si je couche avec, non, je ne le fais pas.

— OK.

— Je travaille, je dors, je mange, je sors parfois avec Alix ou des collègues du travail, je viens chez vous, ou chez Marguerite. Ma vie se résume à peu près à ça.

Même à mes oreilles ça semblait un peu pathétique.

— Eh bien, tu dois t'ennuyer tout de même.

— Maman, depuis quand on a besoin d'un homme pour être épanouie dans sa vie ?

— Tu as probablement raison.

Je pensais qu'après ça, elle me laisserait tranquille, mais elle insista :

— Mais tu sais, si c'est les femmes que tu préfères...

Mais je n'eus pas le temps de démentir, car papa débarqua avec son féroce fièrement dressé sur un plateau.

— On passe à table ! De quoi étiez-vous en train de parler ?

— J'expliquais à ta fille qu'on comprendrait très bien qu'elle ne veuille pas qu'on soit au milieu quand elle reçoit sa petite amie.

— Ah, tu es devenu lesbienne ? demanda-t-il comme si je venais de lui annoncer que je préférais l'orange au bleu.

Je me pinçai l'arête du nez.

— Papa, maman...

— Tu n'as pas besoin de prendre un ton solennel pour nous l'annoncer, tu sais. Tu es lesbienne, pas mourante, bien au contraire. Et tu sais, on n'a aucun problème avec ça, désolée si on t'a fait penser le contraire.

— Mais laisse-moi parler à la fin ! hurlai-je.

Mon cri eut pour conséquence de les faire taire une bonne fois pour toute. Maman s'assit tout de même sur la chaise derrière elle, au cas où je me serais apprêtée à faire une révélation à laquelle elle ne s'attendait pas.

— Je suis célibataire, toujours hétéro et je n'ai pas de plans cul comme tu sembles le penser.

Je soupirai, j'étais tout de même en train de parler de ma vie sexuelle avec mes parents. Dire que j'étais enthousiaste à l'idée de ce déjeuner, il y a encore dix minutes.

— Je me suis beaucoup consacrée à mon travail ces deux dernières années. Je suis seule et heureuse comme ça, je ne pense pas le rester toute ma vie, mais pour l'instant, ça me convient. Je n'ai de toute façon pas rencontré quelqu'un qui m'ait donné envie d'avoir une quelconque relation.

L'image de Matteo apparut soudainement dans mon esprit, mais je la repoussai.

— Maintenant, j'aimerais bien profiter de notre déjeuner sans plus de questions sur ce sujet.

Je m'assis à table et Maman ne put s'empêcher de faire un commentaire :

— Ce Romain t'a vraiment fait du tort. Si je le recroise un jour, il a intérêt à courir vite.

Je ne relevai pas, sinon, ce serait sans fin. Mais je priai pour que les travaux de leur maison ne traînent pas trop en longueur.

18

MATTEO

J'étais de repos depuis deux jours, mais me levai tout de même tôt. Je faisais partie de ces gens qui, une fois qu'ils ont eu leur compte de sommeil pour la nuit, n'avaient pas besoin de traîner au lit. Et comme ces derniers temps, j'avais à peu près la même heure de coucher que ma voisine Bernadette, j'étais plutôt d'attaque tôt le matin.

J'avais envie d'aller courir, et l'idée première fut d'emmener Maurice avec moi. Mais mon carlin ronflait paisiblement dans son panier, et n'avait pas l'air de partager mon envie de jogging matinal.

Qu'à cela ne tienne ! Je décidai de l'emmener se promener plus tard. Pour l'instant, j'allais profiter du fait qu'il ne fasse pas encore trop chaud.

J'enfilai une tenue de sport, mes baskets, et descendis les deux étages qui me séparaient de la rue. Une fois en bas, je commençai à courir.

Je préférais nettement me rendre en forêt, mais à défaut, la ville ce n'était pas si mal. Mon plan était de rejoindre la promenade des Anglais pour profiter un peu du bord de mer. Mais pour m'échauffer, je fis un crochet par le jardin qui se trouvait juste au bout de ma rue.

L'endroit était agréable en été, les grands arbres apportaient une ombre importante, et c'est sans surprise que je vis Bernadette installée sur un banc, sous l'un d'entre eux.

Je lui fis un petit signe, et elle me répondit un peu mollement. Je me dis que j'irais lui rendre visite un peu plus tard, avec Maurice, pour voir si elle avait besoin que je fasse quelque chose pour elle, comme ses courses.

J'accélérai le rythme, et au bout de quelques minutes je vis la Méditerranée apparaître. J'adorais son aspect le matin, quand il n'y avait pas de vent et qu'on disait qu'elle était d'huile. Je me repus de ce spectacle jusqu'à Rauba Capeu [1] puis décidai de rentrer.

En passant devant le vieux Nice, je songeai que cela faisait bien longtemps que je n'étais pas sorti avec Roméo et mes collègues. Il fallait dire que je n'avais pas vraiment eu la tête à ça, ces derniers temps. Pourtant, Joséphine m'avait clairement fait comprendre qu'elle ne voulait pas sortir avec moi. J'étais probablement trop entêté, j'avais l'impression que même si elle avait dit non, elle ne le pensait pas vraiment. Du moins, je l'espérais. Mais est-ce que cela faisait de moi un fou, un entêté, ou alors pire que tout : un harceleur ? Je ne voulais pas devenir un de ces mecs qui ne connaissait pas la signification du mot non. Si bien que j'avais réussi à me convaincre (partiellement) que je devais lâcher l'affaire.

À mon retour, Maurice m'attendait, prêt à jouer, ce que nous fîmes un petit moment, avant que je n'aille prendre ma douche. Ce n'est qu'un peu plus tard que je me souvins de mon idée d'aller rendre visite à ma voisine.

---

1. Rauba capeu : passage entre la promenade des Anglais et le port Lympia dont le nom signifie « voleur de chapeaux », à cause du vent qu'il y a parfois à cet endroit.

— Tu viens, Momo. On va voir Bernadette, avec un peu de chance, elle aura quelque chose à grignoter pour toi. Et ensuite, on ira se balader.

Il me répondit par un jappement enthousiaste, j'attrapai mon téléphone, mes clefs et la laisse, et sortis sur le palier.

Je sonnai chez ma voisine. À mes côtés, Maurice frétillait d'impatience, il lâcha même un petit aboiement.

— Du calme, mon pote. Comporte-toi comme un bon garçon, on n'a pas envie que le reste de l'immeuble nous prenne en grippe.

Il pencha sa petite tête comme s'il considérait ce que j'étais en train de dire, puis se désintéressa de moi pour aller renifler sous la porte.

— Bernadette n'a pas dû entendre la sonnette, commentai-je en voyant que la porte ne s'ouvrait pas.

Je rappuyai sur le bouton, et entendis à travers la porte celle-ci résonner dans l'appartement. Cependant, pas un autre bruit.

Était-elle sortie ? La matinée était déjà bien avancée, et je savais qu'elle n'aimait pas aller faire ses courses lorsqu'il faisait trop chaud, alors c'était peu probable. Un rendez-vous chez le médecin, peut-être ?

J'allais m'en retourner chez moi, mais Maurice recommença à aboyer.

— Maurice !

Mais mon carlin ne m'écouta pas et continua de plus belle. Cette fois-ci j'eus un mauvais pressentiment.

Tout comme Bernadette avait mes clefs, j'avais les siennes. Elle n'avait pas de famille, peu de visites et nous avions convenu quelque temps auparavant que c'était plus sûr ainsi. Je sortis mon trousseau et ouvris. Mieux valait s'inquiéter pour rien que d'avoir des regrets.

À peine la porte entrouverte, Maurice se précipita à l'intérieur, en direction du salon.

— Bernadette !

L'odeur caractéristique des lieux assaillit mes narines. Un mélange entre des effluves de gâteaux sortis du four, et celle diffusée par les pots-pourris installés aux quatre coins de l'appartement.

Pas de réponse, si bien que je suivis mon chien. À peine entrai-je dans le salon à la décoration surannée à base de tissus fleuris et bibelots en tous genres, que tout mon sang sembla quitter mon corps. Là, allongée sur le sol, gisait Bernadette, Maurice penché sur elle, lui léchant le visage.

Je me précipitai vers ma voisine, et mes réflexes prirent immédiatement le dessus.

— Pousse-toi, Maurice !

Pour une fois, le chien m'écouta, tandis que je basculai la tête de Bernadette vers l'arrière pour écouter sa respiration, tout en essayant de prendre son pouls au niveau de la carotide.

— Merde ! Merde !

Je sortis mon téléphone de ma poche, composai le 15, et mis la fonction haut-parleur. Et sans perdre une seconde, je commençai le massage cardiaque.

Quand la voix de l'opérateur retentit, je savais que les minutes qui allaient suivre seraient cruciales.

19

JOSÉPHINE

Allez, c'est parti, on se dépêche ! lançai-je à l'équipe m'accompagnant dans le véhicule du SMUR.

Je me précipitai vers l'immeuble, fort heureusement des voisins de la victime se tenaient en bas pour nous ouvrir la porte. Je grimpai ensuite au deuxième étage le plus rapidement possible. Sur le palier, je fonçai dans l'appartement dont la porte était ouverte.

— C'est dans le salon ! m'indiqua la voisine qui m'avait suivie. Son voisin de palier est avec elle.

La première chose que je vis, ce ne fut pas la victime, mais l'homme à genoux à ses côtés en train de lui administrer un massage cardiaque.

Matteo ?

Je notai qu'il n'était pas en uniforme. Même s'il était concentré sur sa tâche, il lança d'un ton angoissé que je ne lui connaissais pas :

— Bernadette, ma voisine. Elle est en arrêt, je n'arrive pas à la faire redémarrer.

— Depuis combien de temps tu la masses ?

— Je ne sais pas.

Sa réponse ne m'étonna pas. On peut vite perdre la notion du temps dans ce genre de situation. Et si je me fiais à sa tenue civile, il n'avait pas dû s'attendre à trouver sa voisine inanimée en venant ici, contrairement à une intervention où on sait en partant qu'on doit s'attendre à tout.

— Je vais prendre le relais.

Matteo était en sueur, et même s'il faisait chaud dans le petit appartement, j'avais bien peur qu'il ne s'épuise à la tâche depuis trop longtemps déjà.

— C'est bon, je...

— Matteo ! ordonnai-je d'une voix ferme.

Cette fois-ci, il s'écarta, se laissant tomber sur les fesses et reculant jusqu'au mur.

Je ne lui prêtai plus aucune attention, j'étais entièrement focalisée sur la patiente et mon équipe. Mais le cœur de Bernadette ne redémarra pas. Je finis par prononcer le décès.

En travaillant dans des services d'urgences, on est confrontés à la mort régulièrement. Mais ce n'est pas pour autant qu'on vit mieux le fait de perdre quelqu'un qu'on connaît.

Quand je me relevai, Matteo n'avait pas bougé d'un iota, toujours assis contre le mur, jambes allongées. Sur celle-ci, un petit chien était installé, et lui léchait le visage. J'avais l'impression qu'il ne s'en apercevait même pas.

— Matteo ?

Il releva la tête vers moi, ses grands yeux clairs semblaient vides.

— Est-ce qu'il y a quelqu'un à prévenir ?

Il secoua la tête.

— Elle n'avait plus de famille, dit-il d'une voix enrouée.

Soudain, je compris que Bernadette n'était pas seulement sa voisine de palier, mais probablement quelqu'un à qui il tenait.

— Je vais m'en occuper, murmura-t-il hébété.

Il se releva, ses yeux étaient focalisés sur le corps sans vie de Bernadette. Il fallait que je l'éloigne d'ici, il n'avait pas à assister à ce qui allait suivre.

Je saisis sa main.

— Viens.

Je l'entraînai en direction de la cuisine, et il me suivit sans protester. Je lui fis signe de prendre place sur une chaise, et il obtempéra là aussi. J'ouvris un placard, pris un verre que je remplis d'eau au robinet, puis le lui tendis.

— Tu ne trouves pas ça ironique ? Combien de fois j'ai fait ça pour des proches de victimes ? lâcha-t-il d'un ton amer.

— Je suis désolée, Matteo.

Le regard perdu en direction de la fenêtre, il dit :

— Si j'étais arrivé plus tôt...

— Non, ne fais pas ça, tu sais que ça ne sert à rien.

— Je l'ai vue ce matin, quand je faisais mon jogging. J'ai vu qu'elle n'avait pas l'air en forme, je ne me suis même pas arrêté.

— Personne ne pouvait prévoir ce qui allait se passer. Ni toi, ni moi, ni personne d'autre.

— Mais si...

Je m'approchai jusqu'à être face à lui, toujours assis.

— Matteo, c'était une femme âgée. Ce n'est pas dit que même si elle avait été à l'hôpital, on ait pu faire quelque chose. Elle a eu de la chance en quelque sorte, elle n'a pas souffert longtemps.

— Comment tu peux dire ça ?

Son ton était agressif, mais je ne me formalisai pas. Je posai une main sur son épaule.

— C'est dur à accepter, d'autant plus quand on fait notre métier, et que c'est une personne à qui on est attaché à qui ça arrive. Je sais que tu es en colère, mais je ne veux pas que tu te reproches quoi que ce soit. Tu as fait ce que tu as pu, Matteo, j'en suis persuadée. Elle avait beaucoup de chance de te connaître.

Il ne répondit rien. Ses yeux étaient humides, et j'eus soudainement envie de le prendre dans mes bras pour le réconforter. Je n'étais pas quelqu'un qu'on pouvait considérer comme tactile, mais face à cet homme au cœur meurtri, une sorte d'instinct de protection me saisissait.

— Jo, je peux t'embêter deux minutes ?

L'aide-soignant qui m'accompagnait se trouvait sur le pas de la porte. Je serrai une dernière fois l'épaule de Matteo et rejoignis mon collègue.

J'avais le certificat de décès à remplir, et diverses tâches à effectuer.

Quand tout cela fut fini, et que nous fûmes prêts à repartir, Matteo était dans l'entrée, en train de nous observer, mais c'était comme si son esprit était absent.

— Je vais devoir y aller, dis-je en stoppant juste devant lui.

Il hocha la tête, et quelque chose en moi me hurlait que je ne pouvais pas partir comme ça. Alors, j'ouvris les bras et le pris contre moi. Surpris, je suppose, il se raidit. Mais au bout de quelques secondes, il se laissa aller. Ses mains se posèrent dans mon dos et il resserra notre étreinte.

— Merci, murmura-t-il.

Je ne savais pas trop pourquoi il me remerciait, mais peu importait. Nous restâmes ainsi pendant quelques secondes, et j'avais l'impression que je me nourrissais de cet enlacement, tout autant que lui. J'eus surtout l'impression que ce fut trop court, car lorsque nous nous écartâmes l'un de l'autre, je n'avais qu'une envie : réitérer l'expérience.

Je levai la tête pour mieux apercevoir son visage. Un soupçon de sourire était apparu. J'étais soulagée de constater que le Matteo que je connaissais n'était pas loin.

— Bon courage pour le reste de ta garde.

— Merci. Bon courage à toi aussi.

Je savais que la journée serait longue pour lui, j'espérais juste qu'il aurait un peu d'aide pour l'affronter.

Je reculai, cette fois-ci il fallait vraiment que je retourne à l'hôpital.

Mais en voyant un bloc-notes dans l'entrée, à côté du téléphone, j'eus une idée.

Je me saisis du stylo, griffonnai mon numéro de téléphone et le tendis à Matteo.

— Si tu as besoin de quoi que ce soit, appelle-moi.

La surprise pouvait se lire sur son visage, et quelque part, je m'en voulus. Était-ce si surprenant de ma part de faire un tel geste ? Je savais que par moments, je n'avais pas été très sympathique avec lui, mais tout de même...

— OK, merci.

Je compris à cet instant qu'il ne l'utiliserait probablement pas. Alors j'insistai :

— N'hésite surtout pas.

Maintenant, son regard se fit plus interrogatif. Est-ce qu'il essayait de lire entre les lignes ? Alors je prononçai des mots que je n'aurais jamais imaginé dire :

— En fait, ça me ferait plaisir que tu le fasses.

Ses lèvres s'arquèrent doucement, et il me répondit d'une voix profonde.

— Alors dans ce cas, ne t'éloigne pas trop de ton téléphone.

Je hochai la tête et me précipitai dans l'escalier. Moi-même, je n'en revenais pas de ce que je venais de faire.

Chapitre 20

20

JOSÉPHINE

— J'en reviens toujours pas que tu lui aies donné ton numéro. Je croyais que tu ne voulais rien avoir à faire avec lui. Qu'est-ce qui t'a fait changer d'avis ?

— Je ne sais pas. Il avait l'air si... Peut-être que je l'ai jugé un peu rapidement. Et à la base, j'ai fait ça pour être sympa, mais... tu te rends compte, le cadavre de sa voisine était dans la pièce d'à côté, et qu'est-ce que je fais, moi ? Je lui tends mon numéro, et lui sors : appelle-moi ! Non mais, qui fait ça ?

— Eh bien, toi apparemment, répondit Alix tout en essuyant un verre.

Une fois de plus, j'étais dans son restaurant. Ces derniers temps, c'était un peu une obligation si je voulais passer du temps avec elle. On ne pouvait pas lui reprocher de rechigner à la tâche, mais du coup, elle n'avait quasiment plus aucun temps libre.

Je posai mes coudes sur le bar et enfonçai mes doigts dans mes cheveux.

— Non, mais qu'est-ce qu'il a dû penser ?

— Ça, à moins d'être dans sa tête, on ne le saura pas. Mais la vraie question est : a-t-il appelé ?

— Oui.

— Ah, et alors ? Qu'est-ce qu'il a dit ?

— J'en sais rien, j'étais en garde, je n'ai vu l'appel que des heures plus tard.

— Un message ?

— Non.

Alix s'apprêtait à ranger un verre sur l'étagère derrière elle, mais fit une pause dans son mouvement.

— Mais attends, si tu n'as pas décroché, et s'il n'a pas laissé de message, comment tu sais que c'est lui ?

— Eh bien...

— Pitié, ne me dis pas qu'il y a tellement peu de gens qui t'appellent que ça ne peut être que lui.

— Mais non, voyons, il y a des tas de gens qui m'appellent.

Mes parents, ma sœur, Alix, mon chef quand il a besoin que je fasse un remplacement, mon opérateur de téléphone...

— Tu as soudoyé ses potes pour avoir son numéro ? s'amusa-t-elle.

— Hors de question ! L'histoire aurait fait le tour de toutes les casernes de Nice et de l'hôpital avant même que j'aie eu le temps d'enregistrer le numéro.

Alix avait arrêté d'essuyer ses verres, et était clairement dans l'attente d'une réponse.

Je regardai autour de nous pour vérifier qu'aucune oreille indiscrète ne traînait, puis me pencher au-dessus du bar pour chuchoter.

— En fait, j'ai fait un truc pas très légal.

— Toi, Joséphine Toussaint, tu as enfreint la loi ? J'adore !

— Parle pas si fort, voyons !

— Je ne serais pas obligée de parler si tu me disais enfin ce que tu as fait, au lieu de faire durer le suspense !

Je pris une inspiration et avouai :

— J'ai récupéré son numéro sur le formulaire que j'ai rempli lors du décès de sa voisine.

Au moment où j'admis mon forfait, je m'attendais à ce que quelque chose se produise. Qu'une foudre divine s'abatte sur le restaurant. Qu'un policier surgisse de nulle part pour me passer les menottes. Mais non, rien de tout ça, juste Alix qui me dévisageait, ses yeux soulignés d'eye liner écarquillés, et sa bouche carmin formant un O parfait.

— Espèce de petite délinquante !

— Je sais, si je me fais choper...

— Si j'avais pensé que tu étais capable de faire un truc pareil...

— Ça veut dire quoi, ça ?

— Que toi, Joséphine, qui a un code de déontologie plus rigide que la justice, et qui pour rien au monde ne trahirait son serment d'hypocrite...

— C'est le serment d'Hippocrate, pas d'hypocrite.

— Je sais, merci.

— Et je ne l'ai pas appelé, c'était juste pour... pour être préparée au moment où il m'appellerait. Tu sais, c'est toujours mieux quand tu décroches et que tu sais qui tu as au bout du fil.

— Oui, enfin tu as tout de même fait un truc interdit. Et pour un mec ! Moi qui me demandais si tu n'envisageais pas sérieusement de demander ton transfert comme médecin dans un couvent.

Je levai les yeux au ciel.

— N'exagère pas, non plus.

— Ça fait combien de temps que tu n'as pas vu le loup ?

— Je refuse de répondre à cette question au beau milieu de ton restaurant. Ni même à n'importe quel autre endroit, d'ailleurs.

— Bon, alors parlons de lui. Il te plaît, alors ?

— Eh bien...

— Oui, OK, il te plaît. Mais il est pompier, je croyais que ça faisait partie de ta liste d'« en aucun cas » ?

— Oui, enfin, non.

— Je te cite.

Elle prit une voix de crécelle pour déclamer :

— Pas les pompiers, les agents immobiliers, les cardiologues, les oncologues, les mecs plus jeunes que moi, ceux qui ont un chien. Les musiciens, écrivains, artistes, mannequins, influenceurs, les Théo et les Brian.

Elle reprit sa voix normale :

— C'est bon, j'ai oublié personne ?

— Je ne parle pas comme ça.

— Mais cette liste t'est familière, non ?

— OK, OK, j'ai bien dit ça ! Mais...

— Mais quoi, tu as enfin pris conscience qu'une profession ne définissait pas forcément toute une catégorie d'individus ?

— Quelque chose comme ça.

— OK. Et pourquoi tu ne l'as pas rappelé après que lui ait essayé ?

— Et lui avouer que j'avais récupéré son numéro de façon illégale, comme une harceleuse ?

— Les hommes aiment qu'on fasse des choses insensées pour eux, tu sais.

— Je pense qu'il a suffisamment d'ego comme ça, pas la peine d'en rajouter. Ce qui me laisse penser que toute cette histoire n'est peut-être pas une bonne idée.

— Oh, moi au contraire, je pense que c'est une excellente idée ! Dis-moi, ton Matteo, c'est bien un grand mec aux cheveux roux ?

— Oui, pourquoi ?

— Ne te retourne pas, mais il va rentrer dans le restau d'une seconde à l'autre.

Tout à coup, ce fut comme si un énorme poids me clouait à mon tabouret. Je n'allais pas me retourner, j'en étais physiquement incapable.

C'est alors que je remarquai l'air enjoué d'Alix, elle me cachait quelque chose...

— Tu savais qu'il allait venir ! m'offusquai-je.

— Je savais que *son frère* avait réservé une table. Que Matteo l'ait accompagné, c'est la cerise sur le gâteau !

21

MATTEO

—— Pourquoi on a besoin de faire un repas pour planifier un repas qui a lieu dans quelques semaines ? demandai-je à Giovanni en arrivant au pied de l'immeuble abritant le bureau de mon autre frère, Vincenzo.

— Parce que ça fait plaisir à Lara ? suggéra-t-il.

— Parce qu'on doit tous participer à l'organisation de l'anniversaire de maman. On n'a pas besoin de tout le temps se décharger sur Lara, sous prétexte que c'est son métier, intervint Livio.

— Il est juste là parce que ça lui donne une occasion de voir sa copine pendant ses heures de boulot, chuchotai-je à l'oreille de Giovanni.

En effet, depuis quelques jours, Roxane le génie de l'informatique et petite amie de notre grand frère travaillait pour le cabinet d'avocats de Vincenzo.

— Qu'est-ce que tu racontes encore comme bêtise ? demanda Livio en poussant la porte.

Pour la forme, il me foudroya du regard. Mais si cette technique d'intimidation marchait peut-être sur les suspects qu'il interrogeait au poste, elle n'avait plus aucun effet sur nous.

— Je faisais remarquer qu'Adam, lui, avait trouvé une bonne excuse pour ne pas venir.

— Pour le coup, il était vraiment occupé. Et puis t'inquiète, Lara va lui en parler tous les soirs à la maison, expliqua mon aîné.

Nous montâmes jusqu'à l'étage où se trouvait le bureau de Vincenzo. Je détestais venir ici, ce n'était tellement pas mon univers. Tout était si... froid, policé. J'espérais juste qu'à l'image de Vince, ce n'était qu'une apparence, et que travailler ici était un peu plus sympa que ça en avait l'air.

Une seule chose dénotait dans cet environnement : Roxane. La copine de mon frère déboula presque en courant. Avec ses mèches roses, son short en jean et un T-shirt à l'effigie de maître Yoda, on aurait pu penser que le cabinet avait pris une ado en stage, et oublié de lui transmettre la note de service sur le code vestimentaire.

Elle nous claqua la bise tour à tour, pour finir par embrasser Livio comme s'il revenait de six mois de guerre à l'autre bout du monde, alors que j'étais presque certain qu'ils s'étaient vus au petit-déjeuner.

— Dégoûtant, commentai-je.

On avait beau être tous adultes, quand on était entre frères, on restait des gamins.

— Où est Vincenzo ? demanda Giovanni.

— Probablement en train de terroriser son assistant, répondit Roxane.

— Vincenzo a un assistant ? Où est passée Norma ? interrogea Livio.

— Évitez de lui en parler, murmura Roxane entre ses dents. C'est le meilleur moyen de le mettre de mauvaise humeur. Et d'ailleurs, le voilà.

Notre benjamin arriva à l'accueil, dans un costume qui devait coûter un mois de mon propre salaire, et des chaussures plus lustrées qu'un jour de cérémonie chez les pompiers.

— On y va, j'ai une audience à 14 heures.

— Comme si on n'était pas au courant, grinça Giovanni.

La raison même pour laquelle on se retrouvait ici, c'était parce qu'il avait insisté sur le fait qu'il avait peu de temps, et qu'il fallait qu'on mange à proximité de son bureau et du palais de justice.

— On n'attend pas Lara ? m'étonnai-je.

— Elle sera en retard, elle nous rejoindra au restau.

Nous parcourûmes quelques rues du vieux Nice, en choisissant les moins envahies par les touristes. La plupart étaient étroites et offraient une ombre plus qu'appréciable en ces jours estivaux. Nous arrivâmes devant un petit restaurant de spécialités niçoises, où j'étais déjà venu. La patronne, une jolie brune aux tenues toujours rétros, nous accueillit sur la terrasse avec un sourire béat. Je savais que le débarquement de 4 mâles Rossi était vécu par certaines comme un évènement, mais tout de même...

C'est alors que je l'aperçus.

Jo.

Installée au bar, quasiment dos à nous. Ses cheveux emprisonnés dans de minuscules tresses étaient ramenés en chignon sur sa tête. Je ne l'avais jamais vue coiffée ainsi, mais j'étais presque certain que c'était elle.

Alors que mes frères et Roxane s'asseyaient, je restai debout à fixer la femme au bar.

— Ce ne serait pas un des médecins du SMUR ? demanda Giovanni.

— Si, je crois bien. Excusez-moi deux minutes.

J'entrai dans la salle de restaurant par une des baies vitrées grandes ouvertes, et m'avançai vers le bar.

— Bonjour.

Jo se raidit sur sa chaise, et pivota lentement.

— Oh... Matteo... Bonjour. Qu'est-ce que tu fais ici ?

— Eh bien, je viens manger. Avec mes frères.

Au moment où je les désignai derrière moi, je constatai que ces abrutis nous fixaient comme si nous étions leur nouvelle émission de télé réalité préférée. Bon, tous à l'exception de Vincenzo qui avait le nez plongé dans son téléphone. Roxane nous fit même un petit coucou.

— Et toi ? Tu attends quelqu'un ?

— Oui, enfin non. Je suis ici avec Alix, la directrice de l'endroit. C'est ma meilleure amie.

— Oh, c'est chouette. J'aime bien cet endroit.

Elle hocha vigoureusement la tête, et s'ensuivirent quelques secondes de silence, comme si aucun de nous ne savait quoi dire.

— J'ai essayé de t'appeler.

— Ah oui ?

J'aurais bien dit qu'elle avait l'air surprise, mais quelque chose dans la façon dont elle grimaçait me fit penser qu'elle simulait plutôt la surprise.

— Oui, je n'ai pas laissé de message. J'ai pensé que tu étais de garde.

— Oui, c'était le cas.

Se rendait-elle compte qu'elle venait de se vendre ? Je ne lui avais pas dit quel jour j'avais appelé.

— Tu ne m'as pas rappelé, la taquinai-je.

— Tu n'as pas laissé de message.

— J'avoue. Le téléphone, ce n'est pas vraiment mon truc.

— Ni le mien.

— Ça nous fait un point commun, alors.

Je pensais avoir le droit à une réponse un brin piquante, mais à la place, j'eus droit à un sourire. Un magnifique sourire qui me donna le courage de poser la question suivante :

— Alors peut-être que je peux me passer d'un coup de fil, et te demander maintenant si tu es libre ce soir ?

— Libre, oui, tout dépend pour quoi.

— Un dîner ?

Elle mit une seconde pour répondre, une seconde pendant laquelle mon estomac fit des loopings, car son regard trahissait déjà ce qu'elle allait dire.

— OK.

— On se retrouve chez moi ? 20 heures ?

— Parfait.

Il y eut encore un silence, mais des plus agréables, où l'on se regarde l'un l'autre dans les yeux comme si on partageait un secret.

Moment bien entendu gâché par ma sœur, qui débarqua comme une tornade.

— Eh, salut ! Désolée, je suis en retard !

Elle me fit la bise, et son regard dévia directement sur Jo.

Je procédai donc aux présentations :

— Jo, voici Lara, ma petite sœur. Lara, Jo.

— Enchantée, répondit rapidement ma sœur. Bon, tu viens à table, sinon Vince va demander à rajouter de la viande humaine à sa daube niçoise.

— C'est pas moi qui étais en retard.

— Oui, mais je compte sur toi pour jouer les gardes du corps.

— J'arrive dans une seconde.

Heureusement, elle n'insista pas, et alla rejoindre le reste de la fratrie.

— Tu devrais y aller, ils ont l'air de t'attendre.

— Je sais, mais je n'allais tout de même pas passer à côté de l'occasion de te parler.

Elle me sourit à nouveau. Du coup, je me penchai et glissai à son oreille.

— Tu sais ce que fait un crocodile quand il voit une superbe femme ?

— Non, murmura-t-elle.

— Il l'accoste.

Elle émit un petit bruit par le nez, mais n'éclata pas de rire. Quand je reculai, je vis qu'elle fournissait des efforts pour se retenir.

— C'est nul ! protesta-t-elle.

— Mais ça te fait rire. Il faut juste que je m'améliore pour entendre à nouveau ce rire si mélodieux auquel j'ai eu droit l'autre jour.

Loin de se vexer, elle demanda :

— C'est un défi ?

— Peut-être bien.

Elle secoua la tête comme si je disais n'importe quoi.

— Va rejoindre ta famille, on se voit ce soir.

— J'ai hâte.

Je pivotai pour rejoindre ma table. Je m'assis et Lara en face de moi leva les yeux de son menu pour me dire :

— Jolie. Est-ce seulement un ralentisseur sur la route de ta vie sentimentale, ou je te réserve un créneau pour une cérémonie l'année prochaine ?

Je répondis par un sourire énigmatique. Je ne savais pas vraiment à quoi m'attendre avec Jo, mais j'avais bien l'intention que ce ne soit pas qu'anecdotique.

22

JOSÉPHINE

Où est-ce que tu vas, bien habillée comme ça ?

Par cette simple question, ma mère venait de me faire perdre 13 ans de ma vie d'adulte. Je lui aurais bien répondu que ça ne la regardait pas, mais je n'étais pas si courageuse. Je n'avais pas envie de retrouver du cyanure dans mon café.

— J'ai rendez-vous avec Alix.

Si prise au dépourvu, le mensonge me parut la meilleure solution, j'aurais peut-être dû songer à quelque chose de plus crédible.

— Un vendredi soir ? Son restaurant n'est pas ouvert ?

Je me demandai si les gènes d'espions du KGB se développaient avant ou après l'accouchement, chez les mères.

— J'ai dit Alix ? Pardon, je me suis trompée. Je voulais dire Alex. Un médecin qui vient d'arriver à l'hôpital. Tu ne la connais pas.

Il devait bien y avoir dans tout le bâtiment quelqu'un qui s'appelait comme ça. Je ne pensais pas qu'elle pousse le bouchon jusqu'à enquêter là-dessus.

— OK, passe une bonne soirée. Et n'oublie pas de prendre une protection.

— Maman !

— Ils annoncent de l'orage, ajouta-t-elle.

OK, donc je me rendais compte que c'était moi qui avais l'esprit totalement mal placé. Il fallait dire que la conversation de l'autre jour sur ma vie sexuelle m'avait un peu traumatisée.

— Ah, oui. Merci du conseil, dis-je avant de filer pour qu'elle ne me pose pas d'autres questions.

Je ne pris cependant pas de parapluie. Le ciel était nuageux, mais pas menaçant.

Arrivée devant chez Matteo, j'étais nerveuse. Je ne m'étais pas rendu compte, lorsqu'il m'avait proposé qu'on se retrouve chez lui, de ce que ça impliquait. Est-ce qu'on allait sortir ? Dans ce cas, c'était étrange de ne pas se retrouver directement au restaurant. Mais chez lui, est-ce que ça voulait dire...

Bref, mes angoisses furent loin de se dissiper lorsqu'il m'ouvrit, seulement vêtu... d'un peignoir.

— Salut, tu es pile à l'heure, dit-il totalement inconscient de mon malaise.

Et moi, je ne trouvai rien de mieux à faire que de sortir le premier truc qui me vint à l'esprit.

— Si j'avais su que je dînais avec Hugh Hefner[1], j'aurais enfilé mon costume de Bunny.

Il sembla trouver ma répartie plutôt drôle, et ouvrit plus largement la porte.

— Entre, je me suis fait attaquer par de la sauce tomate, du coup je viens de prendre une douche. Je venais d'en sortir quand tu as sonné.

Génial.

La seule chose qui me manquait pour calmer ma nervosité, c'était de songer que Matteo était probablement nu sous son peignoir.

— Installe-toi au salon. Je vais enfiler un truc rapidement.

L'espace était envahi par une délicieuse odeur de nourriture. Et étant donné que la cuisine était ou-

---

1. Hugh Hefner : patron du magazine Playboy dont la mascotte est le lapin. Il avait également des clubs dans lesquels les serveuses étaient déguisées en lapins sexys.

verte sur la pièce, je pouvais constater que plusieurs casseroles mijotaient sur le feu.

Cela résolvait mon mystère, nous allions dîner ici. Devais-je m'en inquiéter ou plutôt être heureuse du fait que Matteo soit un homme qui cuisine ?

La pièce était belle, elle ne ressemblait pas à l'idée que je me faisais du repaire d'un célibataire voulant impressionner ses multiples conquêtes féminines. Car oui, je n'étais pas naïve, je n'étais sûrement pas la première à venir ici.

Je regardai le canapé, et essayai de décider où je devais m'installer. Se mettre à l'extrémité pouvait signifier que je ne souhaitais pas qu'il s'approche. Me mettre en plein milieu garantissait qu'il serait... proche. Je finis par trancher pour quelque chose entre les deux.

Je posai mes fesses sur le canapé, fière de ma décision stratégique, quand soudain quelque chose sauta sur moi.

J'entendis un grognement, et je poussai moi-même un cri.

— Ça va ?

Il se passa deux choses en simultané : Matteo débarqua dans la pièce à toute allure, et moi je constatai que mon mystérieux attaquant était en vérité... un chien ?

Un petit chien beige au museau tout plissé était en train d'essayer de m'escalader. J'étais certaine qu'il voulait me lécher le visage. Pourquoi ? Parce que je me souvenais de l'avoir vu faire ça avec Matteo l'autre jour chez la voisine.

— Maurice ! Non ! Descends de là !

Mais comme l'animal n'avait apparemment pas l'intention de coopérer, Matteo vint l'attraper pour me libérer.

— Désolé, j'aurais dû te prévenir. Je ne pensais pas qu'il te sauterait dessus dès ton arrivée, il adore jouer.

— Sans blague, marmonnai-je.

On n'avait pas tout à fait la même définition du mot jouer, lui et moi. Je m'éclaircis la gorge et demandai :

— Donc tu as un chien ?

Au moment où je posai la question, je relevai mon regard vers lui.

OK, je n'aimais pas les chiens. Mais j'assistai à un spectacle d'un tout autre genre. Matteo n'avait apparemment pas eu le temps d'enfiler un T-shirt. Si bien que j'avais face à moi un homme torse nu avec un petit animal qui de loin pouvait sembler mignon, confortablement installé au creux de ses bras.

Que celle qui n'a jamais consulté ces sites présentant des pompiers australiens, canadiens (ou peu importe leur nationalité d'ailleurs) tenant des bébés animaux dans leurs bras, me jette la première pierre, mais j'eus un moment de bug.

Car si Michel-Ange avait eu face à lui le torse parfaitement sculpté de Matteo Rossi, il en aurait peut-être dégringolé de son échafaudage de la chapelle Sixtine.

— Jo, ça va ?

Je clignai des yeux.

— Oui, pardon. Donc c'est ton chien et il s'appelle...

— Maurice.

— Maurice ? C'est un peu étrange comme nom pour un chien ça, non ?

— Moi je trouve que ça lui va plutôt bien. Hein Momo ?

Le petit chien répondit par un aboiement enthousiaste.

— Ma foi, je suppose que ce n'est pas interdit d'appeler son chien Maurice, après tout il y a bien des poissons rouges...

— Tu as un animal ?

— Non, mais quand j'étais petite, j'avais un hamster qui s'appelait Napoléon.

— Tiens donc, un hamster nommé Napoléon, rien que ça. Et après, on se moque de Maurice.

— J'avais huit ans.

— Et heureusement que ce n'était pas un cochon, sinon tu aurais eu de sacrés problèmes.

— Je ne comprends pas.

Il relâcha Maurice au sol qui trotta en direction de son panier, tout en lâchant des petits grognements.

Matteo posa ensuite ses mains sur ses hanches, contractant au passage les muscles de ses bras.

Est-ce qu'il le faisait exprès ?

Pitié, qu'il aille mettre un T-shirt, une chemise, quelque chose parce que là, ça devient insoutenable.

— Il y a une loi en France qui interdit d'appeler son cochon Napoléon.

— Mais bien sûr, répondis-je avec sarcasme.

— Je te laisse vérifier ça pendant que je vais finir de m'habiller.

La vision de dos était pas mal également. Assez plaisante pour me faire oublier l'espace d'un instant que Matteo cochait dorénavant deux cases sur ma liste des « en aucun cas » : pompier et propriétaire d'un chien.

23

MATTEO

J'avais l'impression que Joséphine était nerveuse et moi aussi. Quelle idée d'avoir voulu l'impressionner avec mes talents de cuisinier ! Je m'étais renversé dessus la casserole de sauce tomate — qui avait heureusement eu le temps de refroidir — mais j'en avais mis partout dans la cuisine, et sur moi, juste avant qu'elle n'arrive. Seule consolation, j'avais réussi à tenir Maurice à distance. Sinon je n'osais même pas imaginer quel carnage cela aurait été à l'arrivée de Jo.

Je n'avais jamais cuisiné pour une femme, si on mettait de côté celles qui faisaient partie de ma famille. Alors pourquoi n'avais-je pas décidé d'emmener Jo au restaurant à la place ? La petite voix au fond de moi me disait que c'était parce que j'avais voulu l'impressionner. Déjà, parce que j'étais assez bon dans ce domaine, il fallait l'avouer. Et ensuite parce que ce n'était pas quelque chose auquel on s'attendait à un premier rendez-vous. Et j'avais clairement envie de marquer des points avec la jolie femme docteur.

Après lui avoir servi un apéritif, et avoir discuté de tout et de rien, j'étais de retour en cuisine.

Encore une erreur de ma part. En ayant besoin d'être aux fourneaux, je me privais d'un temps précieux avec Jo.

— Comment aimes-tu ta viande ?

— Bien cuite, répondit-elle depuis le canapé.

Étonné par sa réponse, je me tournai pour demander.

— Seriez-vous effrayée par la vue du sang, docteur ?

— Je reconnais que c'est paradoxal. Ça ne me fait rien aux urgences, mais dans mon assiette, je préfère que ce ne soit pas le cas.

Je lui souris et constatai que Maurice avait quitté son panier pour se rapprocher de Jo.

— Maurice...

— Tant qu'il reste là, ça peut aller, déclara Jo tout en jetant un œil inquiet à mon chien.

— Tu n'aimes pas les chiens, n'est-ce pas ?

— Moi... euh...

— Pas la peine de mentir.

— J'ai été mordue petite, depuis j'ai un peu peur.

— Maurice a plein de sales petites manies, mais il ne mord pas.

— OK, répondit-elle l'air pas si convaincu que ça.

— Son truc à lui c'est plutôt les léchouilles.

— Génial.

Son ton indiquait qu'elle pensait tout le contraire. Mon toutou, peut-être dans l'idée de montrer qu'il savait tout de même se tenir, s'assit sur son arrière-train.

— Tu es au courant qu'on peut laver les chiens, d'ailleurs ?

— Il n'aime pas les bains.

— Une de mes nièces non plus, et pourtant, on lui en donne quand même.

— Tu as une grande famille ? demandai-je en posant les assiettes sur la table.

Joséphine se leva du canapé pour venir me rejoindre, ou pour échapper à Maurice. Tout dépendait du point de vue qu'on souhaitait adopter.

— J'ai une sœur, Marguerite, qui est mariée, et qui a elle-même deux filles.

— Est-ce qu'elle les a appelées Beth et Amy ?

Elle arqua un sourcil appréciateur.

— Tu connais les prénoms des 4 filles du Docteur March, je suis impressionnée. Mais non, elle ne les a pas appelées ainsi.

— Quel dommage. Et donc tes parents avaient prévu d'avoir 4 filles ? Qu'est-ce qu'il s'est passé ?

— Non, je suis désolée de te décevoir, mais je porte le prénom de ma grand-mère martiniquaise, et ma sœur celui d'une aïeule métropolitaine.

— Donc une heureuse coïncidence ?

— C'est ça.

— Je trouve que Jo te va bien, tu as certains de ses traits de caractère.

— Est-ce que je dois bien le prendre ?

— Jo est une vraie force de caractère, c'est une femme indépendante. Je pense que ce sont des qualités.

— Je n'en reviens toujours pas que tu aies lu le livre !

— Ma mère était bibliothécaire et on avait une impressionnante collection de livres à Nice, comme dans la maison qu'ils ont dans l'arrière-pays. On a tous baigné là-dedans.

— Je suis impressionnée.

— J'espère que ce n'est que le début.

Elle m'adressa un sourire et commença à goûter son plat.

Je m'étais torturé l'esprit tout l'après-midi pour savoir quoi lui préparer. J'avais fini par lui envoyer un message pour savoir si elle était végétarienne ou allergique à quelque chose, et elle m'avait répondu qu'elle mangeait de tout. Ce qui finalement ne m'avait pas beaucoup avancé. Il restait tellement de possibilités. Du coup, j'avais opté pour une simple viande grillée avec une ratatouille et une purée de pommes de terre à l'huile de truffes. Simple, mais efficace en général...

Enfin, là, j'attendais le verdict du jury avec autant d'impatience qu'un candidat de *Top chef*. J'étais tout juste capable de toucher à ma propre assiette.

— Mmh, Matteo, c'est délicieux !

— Merci.

Elle avait l'air vraiment sincère, et je me sentis tout à coup plus léger. Elle avala une autre bouchée et renchérit :

— C'est même succulent. Je n'avais pas aussi bien mangé, si ce n'est dans le restaurant d'Alix, depuis un bon bout de temps.

— Tu ne m'as pas dit que ta mère te concoctait de bons petits plats depuis qu'elle vit chez toi ?

Elle fit une grimace d'effroi.

— Ma mère a la fâcheuse tendance à faire brûler la plupart de ses repas. J'ai avalé plus de carbone dans ma vie qu'un mineur d'exploitation de charbon. Il n'y a que lorsque mon père l'aide qu'on a le droit à un repas comestible. Ou alors il faut manger cru. J'en viens même à préférer les repas de la cafèt de l'hôpital.

— Ça a l'air terrible. Et sinon, comment se passe la cohabitation ?

— Est-ce que ça fait de moi une mauvaise fille si je dis que j'ai hâte que les travaux de leur maison soient finis ?

— Peut être juste une fille normale.

— Tu crois ? Je les aime beaucoup, mais vivre à nouveau avec... C'est compliqué. En fait je crois que je suis génétiquement programmée pour trouver mes parents insupportables et adorables à la fois.

— C'est toujours comme ça avec la famille. Moi-même, je dirais que ce sont les personnes les plus importantes de ma vie, mais aussi ma plus grosse source de stress. L'amour inconditionnel c'est fantastique, mais compliqué.

24

JOSÉPHINE

Au fur et à mesure que la soirée avançait, ma nervosité se calma, sans disparaître pour autant. Matteo se révéla être l'hôte parfait, et un excellent cuisinier. Je passai une bonne soirée, au-delà de mes espérances. Matteo était drôle, prévenant et me surprit plus d'une fois en maîtrisant certains sujets... J'avais un peu honte de moi, je me rendais compte que j'avais automatiquement pensé que c'était un beau gosse qui se souciait davantage de son apparence que de sa culture générale.

Grossière erreur.

— Je me suis régalée, merci pour ce dîner.

J'étais un peu triste que la soirée se termine. Moi qui ne savais trop quoi penser en venant, je me surprenais à ne plus vouloir partir.

Après manger, nous avions continué la conversation assis sur le canapé. Cette fois-ci, je n'avais pas réfléchi à deux fois avant de m'installer. Et j'avais constaté que Matteo non plus. Ou peut-être que si ? À chaque mouvement de l'un de nous deux, la toile de son jean venait frotter contre ma cuisse. Cette simple friction avait le don de réveiller une partie de moi depuis trop longtemps endormie.

— Tu es venue en voiture ?

— Non, à pied, j'avais envie de marcher.

Je n'ajoutai pas que j'étais tellement fébrile avant notre rendez-vous que j'étais prête bien avant l'heure. Mais surtout, cela avait été une bonne occasion pour fuir mon appartement, et les questions de ma mère.

— Tu acceptes que je fasse le chemin avec toi ?

Qu'est-ce que c'était que cette question ? Il voulait me ramener chez moi ? Pourquoi ? Il s'attendait à ce que je le fasse monter, ou un truc du genre ? Je venais de passer la soirée à lui dire que mes parents vivaient chez moi !

Ou alors, était-ce un code pour autre chose ?

Mon Dieu ! J'étais tellement rouillée que je ne savais même plus comment me comporter face à un homme. J'étais pathétique.

— Eh bien...

— Je dois sortir Maurice, alors autant marcher tous les deux, tu ne crois pas ?

Ma mini crise de panique se calma comme un soufflé retombe à la sortie du four. Et je fus même un peu déçue.

Le chien, oui, bien sûr qu'il avait besoin de sortir son chien !

Matteo était un mec à chien.

Pompier et propriétaire d'un chien.

Quelques minutes plus tard, nous quittions son appartement. L'air était lourd à l'extérieur, et j'entendis le vrombissement du tonnerre au loin. J'espérai qu'il nous laisse tranquille le temps de notre balade.

Je ne marchais pas très vite, le fait étant que pour une fois, je portais des talons. Mais Matteo n'avait pas l'air pressé non plus. Quant à Maurice, il reniflait à peu près tous les troncs d'arbres sur notre passage. À ce rythme-là, on n'était pas près d'arriver. Mais je n'allais pas m'en plaindre.

Par moments, quand le trottoir se rétrécissait, nos mains se frôlaient, provoquant en moi une délicieuse sensation.

Je pensais m'être détendue ? Je n'en étais plus si sûre. J'étais aussi chargée d'électricité que l'orage qui grondait au loin.

Et c'est bien connu, état nerveux et talons hauts ne font pas bon ménage. Alors que nous traversions une rue, j'amorçai de travers ma remontée sur le trottoir, et je me vis partir en avant. Une seconde plus tard, j'aurais dû être en contact avec l'asphalte. Mais c'était sans compter sur une paire de bras musclés qui me rattrapa juste avant que cela ne se produise.

— Attention !

Matteo m'aida à me redresser et m'attira sur le trottoir. Mais il ne me relâcha pas pour autant.

— Ça va ?

— Oui, plus de ridicule que de mal. Merci.

— Mais de rien. Je commence à avoir l'habitude de te sauver la vie, plaisanta-t-il.

Je fis mine de prendre un air ennuyé.

— Tu ne m'as pas sauvé la vie. Tout juste d'une chute qui aurait abîmé mon ego.

Il sourit, de ce sourire taquin qu'il aimait afficher en ma présence. La vérité, c'est que plus le temps passait, moins je trouvais ça agaçant, et plus cela devenait craquant. Mon traître de cœur ne put s'empêcher de faire un looping.

— Accorde-moi au moins que je t'ai évité une entorse.

Je fis mine de réfléchir. Je notai au passage qu'une main de Matteo était stratégiquement toujours posée dans le creux de mon dos. Nous étions très proches l'un de l'autre. Bien plus que de simples amis qui viennent de dîner ensemble. Est-ce que cela me gênait ? Absolument pas.

— OK, va pour l'entorse. Tu as évité qu'on appelle les pompiers.

— Jamais je n'aurais appelé les collègues, je t'aurais portée moi-même, jusqu'aux urgences s'il l'avait fallu.

La main qui maintenait la laisse de Maurice commença à faire des cercles dans mon dos. J'en étais particulièrement consciente, car ma robe était ajourée à cet endroit. La peau rugueuse de ses doigts sur la mienne me fit frissonner.

J'inspirai et essayai de me concentrer sur la conversation.

— C'est à l'autre bout de la ville. Je ne veux pas mettre en doute tes capacités physiques, mais... tu m'aurais laissée souffrir tout ce temps ?

— Non, je t'aurais soignée à ma manière.

Cette déclaration fut prononcée d'une voix chargée de désir. J'avais beau manquer de pratique, je savais encore déceler certains signes.

La bataille avait fait rage dans ma tête, toute la journée, ou même depuis des jours. Je n'étais pas naïve au point de penser que si Matteo m'avait invitée à dîner, c'était seulement pour mon sens de la conversation exceptionnel. D'ailleurs, sur ce point, ma prestation avait été plutôt moyenne. J'étais consciente qu'en acceptant ce rendez-vous, j'avais entrouvert une porte. Après des semaines de *non* catégoriques, j'offrais un *peut-être*, aussi bien à lui qu'à moi. Mais étais-je prête à tourner le dos à certains de mes principes ? C'était ça qui avait occupé mon esprit.

Mais sur ce trottoir, à cet instant, ce n'était plus l'heure des questions. Alors que l'expression de Matteo ne laissait aucune place au doute sur ses intentions, seuls les points positifs me revenaient en tête. Un homme drôle, au sourire charmeur et au regard envoûtant, se tenait face à moi, et je n'avais qu'une seule envie : qu'il m'embrasse.

Une seconde passa, une deuxième... j'étais vaguement consciente que Maurice s'agitait autour de nous, mais ce n'était vraiment pas le moment de m'en préoccuper.

Matteo se pencha un peu plus vers moi, sa main libre glissa vers ma nuque, et comme je n'opposais aucune résistance, ses lèvres finirent par se poser sur les miennes.

Au départ, ce ne fut qu'une caresse. Comme si Matteo craignait qu'à tout moment, je puisse le repousser. Je m'en voulus presque pour ça. Le Matteo que je connaissais n'hésitait pas. Dans la vie, comme dans son travail, il prenait les choses en main, il marchait à l'instinct, tout en maîtrisant ses actions. Je savais que c'était moi qui le poussais à tâtonner.

Mais très vite, il prit confiance. Sa bouche bougea contre la mienne, la captura, l'envoûta au point que je capitulai. Mon cerveau, toujours en action en temps normal, se déconnecta. Seules les fonctions vitales étaient encore assurées. Et quand je parle de fonctions vitales, embrasser Matteo était devenue la plus importante de toutes.

Ce fut à regret que je le sentis s'écarter de moi. Sa main caressa doucement mon visage, et il me sourit. J'étais presque certaine que je le faisais aussi.

— Hum, waouh, lâchai-je presque sans m'en rendre compte.

Il répondit par un petit rire grave et sexy, tandis que moi, j'essayais de reprendre une respiration normale, espérant ralentir ainsi les battements de mon cœur. Cependant, c'était un exercice d'aérobic auquel je pourrais facilement m'habituer.

En un baiser, il avait fait de moi une addict. Et j'avais beau en être consciente, il était hors de question que je commence à analyser ça.

Je me hissai sur la pointe des pieds, bien décidée à lancer moi-même les hostilités, cette fois-ci. Mais il doucha mes espoirs en me coupant dans mon élan.

— Euh, Jo. On a un problème...

25

MATTEO

J'étais un idiot, ou peut-être que c'était mon chien ? J'étais certain que Joséphine était sur le point de m'embrasser, lorsque je l'arrêtai net.

Et dire que j'attendais ça depuis si longtemps...

Je vis dans ses yeux l'incertitude, puis elle fronça les sourcils, alors je ne pus me retenir de me pencher, et de déposer un baiser sur l'endroit où se creusait sa ride du lion.

— Rien de grave, murmurai-je tout contre sa peau. Mais je crois que Maurice a eu peur qu'on ne s'en sorte pas tous seuls.

Elle fit un mouvement pour reculer, certainement pour évaluer la situation. Mais je la ceinturai de mes bras.

— Ne bouge pas, sinon on va tomber tous les deux.

Son regard coula en direction de Maurice, qui tout fier, s'était assis sur son arrière-train, comme s'il attendait qu'on le complimente. Je devais avouer qu'il avait l'esprit créatif.

— Il nous a...

— Oui, il nous a ligotés ensemble avec sa laisse.

Le temps de notre baiser, Maurice avait fait des cercles autour de nous deux, et nous avions nos jambes attachées ensemble.

— Je crois que c'est sa façon à lui de jouer les Cupidon.

Mais Jo n'avait pas l'air de trouver ça très drôle. Je me souvins de sa peur des chiens.

— Ne t'inquiète pas, je vais nous sortir de là.

Je fis une grimace à Maurice. Je ne savais pas si je devais le gronder ou le féliciter, sur ce coup-là.

J'aurais pu lui demander de faire des tours dans l'autre sens pour nous libérer, mais je connaissais l'esprit de contradiction de mon petit chien. Alors, tant bien que mal j'essayai de me dégager de la laisse.

Quand j'y parvins — heureusement Maurice n'avait jamais suivi de formation de matelotage — Jo essaya de s'en sortir à son tour.

— Attends, je vais t'aider.

Curieusement, elle m'obéit. Peut-être parce qu'elle avait conscience qu'avec les chaussures qu'elle portait, le moindre faux pas pouvait la conduire dans une situation encore plus périlleuse.

Je m'accroupis, et réalisai un fantasme qui m'avait trotté dans la tête une bonne partie de la soirée. Sa petite robe dévoilait des jambes gracieuses, et ses talons... J'étais certain qu'ils avaient été créés pour me torturer. Alors qu'elle était assise sur mon canapé, j'avais rêvé de sentir sa peau dénudée sous ma paume. J'en avais enfin l'occasion.

Sous prétexte de l'aider, ma main glissa délicatement sur elle, s'attarda autour d'une cheville gracile, avant de faire glisser la corde de la laisse. Je procédai de même de l'autre côté, triste que la manœuvre ne soit pas un peu plus compliquée, pour que je puisse en profiter davantage.

Je compris à cet instant que cette femme m'avait mis à genoux, de toutes les manières possibles.

Je relevai la tête, tout en restant dans ma position. Elle m'observait, la bouche légèrement entrouverte, comme si elle attendait que je déclare quelque chose. À regret, je dis :

— Je pense que c'est bon, maintenant.

Ma phrase fut ponctuée d'un coup de tonnerre, bien plus proche que les précédents.

— Merci, répondit-elle alors que je me relevais.

Je saisis sa main, Maurice aboya joyeusement.

— Je crois qu'il aime nous voir ensemble.

— Matteo, je...

Je posai un doigt sur ses lèvres. Je n'avais pas envie de connaître la suite. J'avais trop peur que l'incident avec la laisse lui ait laissé le temps de changer d'avis.

Je remplaçai rapidement mon doigt par ma bouche, et elle n'émit aucune protestation.

Cependant, ce trottoir sans intérêt d'une rue du centre-ville avait beau être devenu mon nouvel endroit préféré, j'avais conscience de l'orage qui arrivait.

— On devrait y aller, dis-je à regret.

Elle hocha la tête, et nous reprîmes la direction de chez elle. Cette fois-ci, main dans la main.

Quelques mètres parcourus, et les premières gouttes se firent sentir.

— Eh mince, ma mère avait raison, pesta-t-elle. Elle m'avait dit de prendre un parapluie.

Je ne savais pas ce qui l'ennuyait le plus, de ne pas l'avoir écoutée, ou de devoir se mouiller.

Malheureusement, comme souvent dans la région, le ciel ne se contenta pas de lâcher quelques gouttelettes éparses. Ce fut rapidement un véritable déluge qui s'abattit sur nous.

J'accélérai le pas, mais Jo avait du mal à suivre avec ses talons.

— Je devrais probablement les enlever, dit-elle.

— Non, j'ai une bien meilleure idée. Grimpe sur mon dos.

— Je ne vais pas...

— Tu ne me crois pas capable de te porter ?

Elle hésita, alors j'ajoutai :

— Fais-le avant qu'on ne soit complètement trempés tous les deux. Et que je sois blessé dans l'estime de ma virilité.

Cette fois-ci, elle ne se fit pas prier, elle me contourna, je m'accroupis. Et la seconde suivante, je la portais sur mon dos.

— Prête ? Je vais accélérer un peu la cadence.

La laisse de Maurice solidement ancrée dans ma main, et mes bras sous les jambes de Jo, je commençai à marcher, puis à courir.

Ce n'était pas chose facile, non pas à cause du poids de Jo, mais de la chaussée détrempée, et de Maurice sur lequel je devais garder un œil.

Mais très vite, l'expérience devint plutôt drôle. Jo poussa un petit cri, puis finit par éclater de rire. J'avais fini par réussir à l'entendre à nouveau, ce rire si spécial. Cela signifiait qu'elle lâchait enfin prise, et rien que pour ça, j'aurais été capable de courir des kilomètres.

Sa rue se profila à l'horizon, et je songeai à ralentir, voire à prendre un chemin détourné. Mais je n'en fis rien, sachant que le plus important était de la mettre à l'abri.

— Tu habites à quel numéro ?

Elle m'indiqua une entrée d'immeuble, et je constatai avec plaisir que celle-ci était protégée de la pluie.

Une fois sur place, je la fis glisser doucement jusqu'au sol.

— Oh, mon Dieu ! J'ai l'impression d'être une gamine !

— Et moi, un grand-père de 90 ans, répondis-je en me tenant le dos.

— Je suis désolée...

— Tu n'as pas à être désolée du tout. Je plaisante, j'ai adoré cette escapade sous la pluie. Et tu m'as servi de k-way en quelque sorte.

Sa robe était détrempée et lui collait au corps. L'éclairage blafard de la rue me laissait tout de même entrevoir des courbes que j'avais envie de parcourir de caresses. Mais ce n'était pas le lieu pour cela. À la place, je m'approchai, me saisis du bout d'une de ses tresses pour jouer avec.

— Mais si tu veux me remercier en m'embrassant, je ne suis pas contre.

Elle noua ses bras autour de mon cou, et je fis en sorte de m'approcher d'elle pour lui faciliter la tâche. Même si Jo était loin d'être petite, je la dépassais d'une bonne tête.

Ses lèvres sur les miennes furent comme un bonbon sucré. Très vite, nos langues s'engagèrent dans la partie et se nouèrent dans des liens coquins. J'avais envie que ce baiser ne finisse jamais, mais je devais me rendre à l'évidence, je n'étais pas là avec elle pour un sprint, je courais un marathon. Alors, à contrecœur, je devais être raisonnable.

— Tu devrais rentrer avant de prendre froid.

— Et toi ?

— Je vais affronter les éléments, mais regarde, ça se calme déjà. À moins que tu ne sois déjà prête à me présenter tes parents, ajoutai-je avec un haussement de sourcils exagéré qui démontrait que je n'espérais rien de ce côté-là.

— Ils vont trouver que mes copines du boulot ont bien changé.

— Génial ! Tu leur as fait croire que tu avais une soirée entre filles, pour ne pas dire que tu dînais avec moi ? J'adore, on se croirait de retour à l'époque du lycée !

— Crois-moi, ce n'est pas si drôle que ça à revivre.

— Je ne suis pas certain que je t'aurais plu au lycée.

— Laisse-moi deviner, tu étais le tombeur de la classe ?

— Loin de là, j'étais grand, maigrichon et roux. Ce qui sur l'échelle de popularité te place quelque part entre la table basse contre laquelle tu viens de t'exploser un orteil et Shrek. Heureusement, Livio faisait déjà assez peur à tout le monde pour éviter que les petites frappes ne s'en prennent à moi.

— Je connais ça, mon bouclier à moi c'était Alix. Ma copine qui tient le restaurant où on s'est rencontrés ce midi.

— Vous êtes amies depuis ce temps-là ?

— Oui. On habitait la même rue, elle était la fille populaire, j'étais l'intello qui l'aidait à faire ses devoirs.

— Une bonne dynamique.

Le temps de notre échange, la pluie s'était arrêtée.

— Je devrais y aller.

Mais comme je n'avais pas non plus envie de partir, je posai une dernière question :

— Tu es de garde au SMUR demain ?

— Non, à l'hôpital.

— Je suis de garde aussi.

J'allais devoir me lever très tôt, et ça allait être dur, mais cette soirée valait le coup d'un réveil un peu difficile.

— C'est terrible ce que je vais dire, mais je n'ai plus qu'à souhaiter qu'il y ait quelques urgences dans mes interventions.

Je me penchai, déposai un rapide baiser sur ses lèvres avant de me retourner pour partir. Je tirai sur la laisse de Maurice qui reniflait le sol. Mais après quelques mètres je jetai un coup d'œil par-dessus mon épaule.

Jo était là à me regarder m'éloigner. Je lui fis un petit signe de la main auquel elle répondit.

Avec un sourire niais collé sur le visage, je rentrai chez moi. Un ouragan aurait pu se lever, je crois que je ne m'en serais même pas aperçu.

26

MATTEO

Le lendemain fut loin d'être une promenade de santé. J'enchaînai les interventions et malgré plusieurs passages aux urgences, je ne croisai pas Jo. Ce ne fut que tard dans la nuit que je la vis enfin.

Avec mon équipe, je transportais un homme d'une soixantaine d'années qui avait fait une série de malaises chez lui. La famille avait prévenu les secours. Son état n'était pas particulièrement préoccupant à première vue, il aurait même été capable d'entrer à l'hôpital sur ses deux jambes, si ça se trouvait. Mais je savais que dans ce genre de situation, il ne fallait pas toujours se fier aux apparences.

Le patient, Henri, était nerveux, alors dans l'ambulance j'avais fait en sorte de discuter un peu avec lui, histoire de le détendre, et ça avait fini par marcher. Henri m'avait raconté sa vie de jeune retraité, après des années à enseigner les mathématiques au collège, et je découvris qu'il avait un certain sens de l'humour. Nous étions en train de faire rouler le brancard dans le couloir, quand une blague me revint en tête. Comme Henri était plutôt cool, je décidai de la partager avec lui :

— Henri, savez-vous quel est le point commun entre les maths et le sexe ?

— Aucune idée, me répondit le patient apparemment impatient de connaître la réponse.

— Plus il y a d'inconnues, plus c'est chaud.

Henri éclata de rire, tout comme mes collègues qui m'aidaient à pousser le brancard. Trop occupé à observer leurs réactions, je ne m'étais pas rendu compte qu'une personne arrivait vers nous, et je manquai de la percuter.

— Attention ! m'alerta Roméo.

Par réflexe, je posai une main dans le dos de la nouvelle arrivée, pour que ni l'un ni l'autre ne basculions. Ce n'est qu'une fois ce geste fait que je constatai que je n'étais pas en présence d'une inconnue, mais bien de mon médecin préféré.

— Oh ! Salut, toi !

Mon sourire fut immédiat, mais le premier réflexe de Jo ne fut pas de me le rendre, mais de se dégager le plus rapidement possible de mon emprise.

Le deuxième fut de contourner le brancard pour aller interroger le patient, tout en étant le plus loin possible de moi.

Un peu surpris par son réflexe, je ne lui en tins pas rigueur. Nous étions dans le cadre du travail, notre relation était toute récente, on ne pouvait pas dire... Étions-nous ensemble ? Nous nous étions embrassés, mais ce n'était pas comme si nous avions établi que j'étais dorénavant son petit ami. Les gens faisaient-ils des choses de ce genre ? Je devais avouer que je n'avais pas eu à me poser ces questions lors de mes dernières relations, à cause du fait bien établi dès le départ que celles-ci avaient une date d'expiration. Qui s'établissait d'ailleurs plutôt en heures qu'en jours ou même en semaines.

Mais ce n'était pas ce que je voulais avec Jo. Et elle, que voulait-elle, d'ailleurs ? Il fallait que j'éclaircisse ce point.

La soirée de la veille avait été très sympa, nous nous étions embrassés, avions discuté du fait que l'on se verrait peut-être aujourd'hui, mais ce n'était pas comme si nous avions convenu d'un rendez-vous. Comment Jo envisageait-elle la suite ? Étions-nous sur la même longueur d'ondes ?

Nous conduisîmes Henri dans un box, et ce fut le moment du transfert sur le lit de l'hôpital. Jo discutait avec l'infirmier qui nous avait accompagnés sur le terrain. Mon travail était fini dans cette pièce, pourtant je traînais à sortir.

— Merci messieurs, on va prendre le relais, nous lança Jo sans même un regard dans ma direction.

OK, je n'étais pas toujours très fort pour décrypter les gens, mais là il y avait clairement un malaise.

Je sortis de la chambre, et demandai à Roméo :

— Tu peux t'occuper de la paperasse, j'aimerais rester ici pour...

Il leva les yeux au ciel tout en soupirant.

— Oh punaise ! Ne me dis pas que tu espères encore avoir ta chance avec le docteur Jo. Mec, quand elle te fait comprendre qu'y a pas moyen, faut laisser tomber à un moment. Même moi, je sais ça.

— T'inquiète pas, je sais ce que je fais.

Bien entendu, je ne l'avais pas mis au courant des derniers événements. Ni de notre discussion lors du décès de Bernadette, ni de notre rencontre fortuite au restaurant, ni bien entendu au sujet du dîner de la veille.

— Fais gaffe, parce qu'à mon avis elle est à ça d'appeler la sécurité de l'hôpital pour te dégager, dit-il en montrant un espace restreint entre deux doigts. Et dans ce cas, je ne pourrai que lui donner raison.

— Merci du vote de confiance, marmonnai-je.

Mais déjà, il s'éloignait.

Je n'attendis pas longtemps avant que Jo sorte à son tour. Dès qu'elle me vit, face à la porte, elle sursauta.

— Tu as deux minutes ?

— Je suis plutôt pressée, j'ai pas mal de patients qui attendent...

La salle d'attente était quasi déserte à notre arrivée. Et j'avais vu plusieurs box vides. Ce soir, on était très loin des records d'affluence.

— Deux minutes, Jo. C'est tout.

Elle hocha la tête et me fit signe de la suivre. Elle ouvrit une porte, et je souris intérieurement en reconnaissant le placard à fournitures.

— Je vais finir par croire que tu apprécies particulièrement cet endroit, plaisantai-je en fermant la porte.

Mais quand je me retournai vers elle, je compris qu'elle n'était pas d'humeur badine.

— Matteo...

Je sentis que la suite n'allait pas me plaire.

— J'ai passé une très bonne soirée, hier. Mais je crois que...

Au fur et à mesure qu'elle parlait, je m'avançai vers elle. Il ne me fallut pas longtemps, vu la taille de la pièce, pour qu'elle se retrouve le dos contre le mur. Je n'eus pas à l'interrompre, elle le fit toute seule. Elle resta comme cela, la bouche entrouverte, les yeux braqués sur moi. Sa poitrine se gonflait doucement sous l'effet de sa respiration.

— Tu disais quelque chose ?

Je fis exprès de parler tout bas, de lui faire ressentir qu'elle n'était pas la seule troublée par notre proximité. Car moi aussi, je l'étais. Rien que ses lèvres pulpeuses étaient un appel à la tentation.

— Je crois qu'on n'est pas tout à fait sur la même longueur d'ondes, toi et moi, reprit-elle.

— C'est-à-dire ? Qu'est-ce que tu entends par là ?

— Toi, je sais que tu te satisfais de relations éphémères, et moi, ce n'est pas ce que je recherche. Bon, même si je ne cherchais pas vraiment quelque chose, d'ailleurs. Mais...

Cette fois-ci, c'est moi qui la coupai :

— Et qu'est-ce que tu en sais, que ce que je recherche, c'est juste un coup d'un soir ?

Ce n'était pas exactement ce qu'elle avait dit, mais j'étais irrité du fait qu'elle me juge sans même m'avoir posé la question.

— Eh bien...

— Eh bien quoi, Jo ? Est-ce que tu m'as demandé ce que je voulais ?

Mon ton était sec, et elle m'observa pendant quelques secondes, comme si elle cherchait à savoir où je souhaitais en venir avec cette question.

— Moi non plus, je ne t'ai pas posé la question, mais je n'ai pas tiré de conclusions hâtives pour autant.

Elle baissa le regard, et soupira.

— Je suis désolée. Je ne voulais pas te vexer, mais je n'arrête pas de peser le pour et le contre depuis hier soir.

— Parce que si je te dis que je suis prêt à m'engager dans une relation sérieuse, tu as d'autres arguments à avancer contre cette idée ?

Elle releva la tête, elle paraissait étonnée.

— C'est ce que tu souhaites ?

— Tu crois vraiment que je t'aurais invitée à manger chez moi, que je t'aurais raccompagnée chez toi en me contentant d'un baiser, si mon but était juste de te mettre dans mon lit ?

— Euh... je n'en sais rien. Je ne suis pas très au fait des us et coutumes dans ce genre de situations.

— Je ne fais pas ça en temps normal.

Au moment où je prononçai cette phrase, je compris que j'aurais mieux fait de réfléchir un peu mieux avant. Cela sous-entendait clairement que j'étais un connard.

— Tu es le genre de gars qui ne rappelle pas après un rendez-vous.

Ce n'était pas une question, plutôt une affirmation.

— Ce n'est pas vrai, je...

— Dis-moi que tu n'as jamais fait ça à une femme.

— Non, enfin si. Merde, Jo ! C'est plus compliqué que ça !

Elle croisa les bras sur sa poitrine.

— Vas-y, explique-toi.

Je soupirai. En entrant dans ce placard, je ne m'attendais vraiment pas à devoir plaider ma cause. J'étais loin d'avoir les talents d'orateur de Vincenzo.

— J'ai connu des femmes que je n'ai pas rappelées après un rendez-vous, mais crois-moi, elles savaient dès le départ à quoi s'attendre.

J'avais vraiment le sentiment d'être le roi des enfoirés à cet instant. Pourtant, je ne voulais pas prétendre être quelqu'un d'autre.

— J'ai aussi eu des relations plus suivies, dira-t-on. Et j'ai toujours pris soin de me comporter correctement.

— Tu n'as jamais ghosté une femme du jour au lendemain sans raison.

— Non... enfin si, peut-être une fois. Mais je t'assure que c'était une véritable psychopathe. Elle s'est mise à débarquer dans mon ancienne caserne quand elle savait que j'étais de garde. Une fois qu'on lui en a interdit l'accès, elle s'est mise à me suivre quand je sortais faire mes courses. Je devais me déguiser pour qu'elle ne me reconnaisse pas.

Jo haussa un sourcil dubitatif alors j'ajoutai :

— Oui, parce qu'un mec de 1,95 m aux cheveux roux qui sort d'une caserne de pompiers, ça se remarque. J'ai dû porter des perruques ou des bonnets, et c'était en plein mois de juillet. T'imagines même pas comme on sue en plein été sous une perruque !

Cette fois-ci, l'ombre d'un sourire apparut.

— Jo, on a parlé de tout et de rien hier. Et je n'avais pas prévu de t'embrasser...

Elle afficha un air dubitatif.

— OK, j'avais peut-être imaginé que ça puisse arriver. En vérité, j'espérais même que ce serait le cas. Mais ce que j'aurais dû te dire, c'est que tu me plais vraiment. Et si tu es d'accord, j'aimerais bien qu'on se voie, toi et moi. Du genre, on sort voir un film, ou on va au restaurant. Je peux même cuisiner à nouveau pour toi. J'aimerais bien pouvoir t'appeler aussi, pourquoi pas. Parfois pour planifier des choses ensemble, mais peut-être aussi simplement pour discuter. Je ne sais pas ce que tu avais en tête, mais moi, je pense que ça pourrait être pas mal. Qu'en dis-tu ?

Son sourire s'élargit, et je sus que j'avais gagné. On ne sourit pas ainsi quand on s'apprête à rembarrer quelqu'un.

— Je pense que j'aimerais bien aussi.

Je posai ma main sur sa joue pour la caresser délicatement.

— Tu me donnes envie d'essayer. Alors s'il te plaît, laisse-moi le faire. Je suppose que vu ta réaction, tu as dû avoir de mauvaises expériences. Je te promets de faire mon possible pour ne pas m'ajouter à celles-ci.

Elle hocha la tête avant de préciser :

— Une en particulier, et une partie de moi est consciente que c'est ridicule de penser que parce que je suis tombée sur un enfoiré la dernière fois, ça sera forcément le cas cette fois-ci.

Je compris à cet instant qu'il ne s'agissait pas de plusieurs hommes qui l'avaient blessée tour à tour, mais bien d'un qui avait dû faire une connerie monumentale. Et il semblait qu'elle ne s'en était pas totalement remise.

— Peut-être qu'un jour tu me raconteras ?

— Peut-être. En fait, il y a quelque chose que je devrais te dire, et qui t'expliquerait en partie pourquoi je suis réticente...

27

JOSÉPHINE

———— ❧ ————

Je me sentais ridicule, sur le point d'avouer à Matteo pourquoi j'avais tant de mal à lui faire confiance.

Lui attendait patiemment que je m'apprête à parler. Son pouce caressait ma joue, tandis que le reste de ses doigts massait ma nuque. Ce simple geste était tellement agréable. J'avais envie de fermer les yeux pour profiter de l'instant. Je songeai que s'il arrivait déjà à me faire sentir si bien par ce simple toucher, je n'osai imaginer ce qu'il pourrait faire si les gestes étaient, disons... plus sensuels ?

— Mon ex était pompier.

Ma sortie le fit stopper net, et il écarquilla les yeux.

— Tu es sortie avec un pompier ? Est-ce qu'il était...

— Ce n'était pas ici. Et en fait, c'était un volontaire. Mais bon, toute cette histoire remonte à deux ans déjà.

— OK.

Il ne dit rien de plus. Que pouvait-il dire, d'ailleurs ? Ce n'était pas comme si mon explication était d'une logique implacable.

— Bref, ça s'est mal terminé, et depuis...

— Tu as tendance à penser que tous les pompiers sont des salauds.

— Dit comme ça à haute voix, c'est encore plus ridicule que dans ma tête.

— Je ne dirais pas ça...

— Tu as le droit de me répondre que c'est stupide. C'est comme si on affirmait que tous les médecins sont...

— Imbus de leur personne ? Se prennent pour Dieu sur terre ?

— Hein ? C'est comme ça que tu nous vois ? m'offusquai-je

— C'était un exemple, pour étayer ta thèse.

— Voilà.

— Mais il y a peut-être un petit fond de vérité...

J'avais l'impression qu'il faisait exprès de me titiller.

— Je suis certain que tu en connais des comme ça, ajouta-t-il.

J'ouvris la bouche pour réfuter, mais la refermai. Il était vrai que j'avais quelques collègues qui pouvaient correspondre à la description.

— Ce n'est pas sa profession qui définit une personne, Jo, quand bien même elle est très investie dans son travail. On fait tous les deux des métiers qui demandent une implication importante, mais nous ne sommes pas que ça. Je suis un homme et un pompier, tu es une femme et un médecin, mais ce n'est pas tout.

— Tu as raison.

— Donc je propose qu'on se voie en dehors de ce placard à fournitures, et si possible dans un endroit où l'on ne sera pas en uniforme, pour découvrir qui est la vraie Jo, et qui est le vrai Matteo. Disons, demain soir par exemple. Tu serais libre ?

Je n'avais pas encore accepté que j'avais déjà hâte d'y être. Si quelques minutes auparavant, j'étais pleine de doutes, Matteo en avait fait taire certains. Il m'en restait toujours, mais je venais de comprendre que seul le temps pourrait me dire s'ils étaient légitimes ou non. Je ne pouvais pas juger cet homme sans accepter de le connaître.

— Je suis libre demain soir.

Ma réponse sembla le combler au plus haut point. Il se pencha vers moi, et murmura tout contre mes lèvres :

— En attendant, est-ce que j'ai le droit de t'embrasser ?

Je hochai la tête, incapable de prononcer un mot. Mon traître de corps était en émoi, le souvenir des baisers échangés la veille suffisait à ça.

Il prit le temps de goûter mes lèvres comme si c'était la chose la plus délicate au monde. Et tout à coup, dans ce placard à l'éclairage blafard et à l'odeur de désinfectant, je me sentis spéciale. Cela m'enivrait autant que ça m'effrayait. Il fut un temps où je pensais être spéciale aux yeux d'un autre homme. Mais j'étais retombée de mon piédestal, du jour au lendemain. Je n'avais plus qu'à espérer que cette fois-ci serait différente. Car je n'étais pas certaine de pouvoir me relever une deuxième fois.

Nous restâmes un instant, front contre front, à reprendre nos respirations. Je n'avais pas envie que ce moment se termine.

— On va devoir sortir d'ici avant que Roméo ne lance un avis de recherche, finit par dire Matteo.

— Pareil de mon côté, ils doivent se demander où je suis passée.

— Oh, avec un peu de chance quelqu'un nous a vus entrer ici, et pense qu'on est en train de s'envoyer en l'air. Donc ils devraient nous laisser tranquilles, à moins que l'un d'entre eux n'ait des tendances voyeuristes.

— Hein ? Quoi ? m'écriai-je en reculant.

— Tu ne regardes jamais les séries médicales ? Le placard à fournitures, c'est un grand classique.

— Si, ça m'arrive, mais ce n'est pas... On n'est pas en train de faire ça, en plus !

— Si c'est ça qui t'embête, on peut très bien s'arranger. Je pensais...

— Non !

— Non, on ne va pas le faire maintenant ? Ou non, on ne le fera jamais ici ? Ou non, on ne couchera jamais ensemble, parce que tu te réserves pour le mariage, ou un truc du genre ?

Je sentis mes joues chauffer. Une chance pour moi que je ne rougissais pas. Mais j'avais l'impression que c'était pourtant bien visible. Matteo, lui, avait l'air amusé par la situation.

— Je...

Il m'attira vers lui, et m'entoura de ses bras. Mon visage se retrouva niché contre son épaule.

— Je te fais marcher, murmura-t-il. Je vais t'avouer quelque chose, tu as le droit de me détester, mais j'adore quand j'arrive à te déstabiliser.

— Ah oui ? Tu trouves ça drôle ?

Mon ton était tout sauf amical.

— Oui, car tu as l'air toujours si sûre de toi en temps normal. Mais je suis persuadé que c'est une façade. Moi, j'ai envie de voir la vraie Jo.

Il avait raison. La vraie Jo était confiante dans son travail, mais pour le reste, ce n'était pas toujours le cas. Il suffisait de voir la façon dont je me comportais avec lui depuis le début.

— Je vais essayer de te la montrer.

— J'ai hâte.

— Promets-moi juste de ne pas me le faire regretter.

Il déposa un baiser dans mes cheveux en guise d'acceptation.

— Je n'aime pas les chagrins d'amour, Matteo, je cicatrise mal.

— Une chance alors que j'aie une formation en premiers secours. Je vais tenter de soigner tes plaies, et faire mon possible pour ne pas t'en infliger d'autres.

28

JOSÉPHINE

Et la robe noire, tu en penses quoi ?

J'étais en pleine crise de panique face à mon dressing. J'avais rendez-vous avec Matteo dans quelques minutes et j'en étais toujours à la phase où je cherchais comment m'habiller. Par un heureux hasard, Alix m'avait appelée, et qui mieux que ma copine toujours bien habillée pouvait m'aider sur ce coup-là ?

— C'est pas à un enterrement que tu te rends, c'est à un rendez-vous !

Grâce à la fonction vidéo, je pouvais voir sa grimace.

— Ben quoi ? La petite robe noire, c'est pas censé être la tenue par excellence pour un rendez-vous ?

— Oui, si tu veux montrer que tu n'as aucune personnalité. Trouve-moi dans ton placard la combi jaune.

— Quelle combi jaune ?

— Celle qu'on a achetée ensemble pendant les soldes l'année dernière, et que tu n'as jamais portée. Je suis certaine qu'il y a encore l'étiquette dessus.

— Absolument pas ! me défendis-je tout en n'ayant qu'une vague idée du vêtement dont elle parlait.

Je finis par le trouver à l'endroit du placard où je stockais toutes les choses qu'elle arrivait à me convaincre d'acheter, mais que je n'arrivais pas à assumer ensuite.

— Voilà, celle-là ! s'exclama-t-elle en tapant dans les mains. Tu vas être sublime.

C'est vrai que la couleur était sympa, et me mettrait en valeur. Le problème c'est que j'étais plutôt du genre à essayer de me fondre dans la masse, en temps normal. Mais Alix avait raison, je devais faire des efforts.

— Tu me portes ça avec une paire de talons, tes pendants d'oreilles dorés, et tu seras magnifique.

— Je l'espère.

Elle émit un petit bruit dédaigneux qui signifiait qu'elle ne voyait pas comment il pourrait en être autrement.

— Tu ne m'as toujours pas raconté votre dîner d'avant-hier. Mais je suppose que vu que vous en êtes à votre deuxième rendez-vous en trois jours, je suppose que ce n'était pas si horrible que ça.

— Non, c'était plutôt chouette.

— Plutôt chouette ? Bon Dieu, Jo ! Tu as quoi, 15 ans ? Ne me dis pas que vous avez passé l'après-midi à regarder des DVD des frères Scott ?

— Pas du tout, on a dîné chez lui, il a cuisiné.

— Un mec qui cuisine, j'adore ! Mais alors puisque vous étiez chez lui, vous êtes directement passés au dessert ? Ou vous avez effectivement attendu de manger son tiramisu pour consommer ?

— Alix ! C'était un premier rendez-vous !

— Chez lui, insista-t-elle. Personne ne fait ça à moins d'avoir une idée derrière la tête.

— Il s'est comporté en parfait gentleman. On a dîné, on a discuté, et ensuite il m'a raccompagnée chez moi, avec Maurice.

— C'est qui ça, Maurice ? Son petit copain de 90 ans ? Il t'a proposé un plan à trois ?

— C'est son chien.

Il y eut un blanc, et comme j'étais en train de m'habiller en même temps, je m'approchai du téléphone pour vérifier que je n'avais pas perdu la connexion.

— Donc il est pompier, *et* il a un chien ? Ça ne fait pas deux choses sur ta liste de « en aucun cas » ?

— J'avoue que le chien, ça ne m'emballe pas plus que ça. Mais du moment qu'il se tient à distance...

— Oui, ce qui sera très facile à faire lorsque tu passeras plus de temps avec son maître. J'ai hâte de voir la tête que tu vas faire, quand il viendra te réveiller un matin en te léchant le visage. Bien que techniquement je ne pourrai pas être là pour le voir.

Je repensai à Matteo qui m'avait expliqué que Maurice adorait les léchouilles. Ça me fit froid dans le dos.

— Bon, et tu as vérifié qu'il n'avait pas des talents d'artiste ? Un autre de tes points interdits.

— Je ne crois pas.

— Il a quel âge ?

— Aucune idée.

— Tu n'as pas posé la question ?

— Non, je n'ai pas eu l'occasion.

— Donc il pourrait très bien être plus jeune que toi, une autre de tes conditions à ne pas enfreindre. Qu'est-ce que tu fais si c'est le cas ?

— J'en sais rien. Mais je ne pense pas qu'il soit plus jeune que moi.

— Oh, je vois ! Il t'a déjà embrassée ?

— Hein ? Quoi ? Oui, il m'a embrassée, mais qu'est-ce que ça a à voir avec son âge ?

— Ben t'es déjà un peu accro, je crois. Allez, raconte-moi, sur une échelle qui va de 1 jusqu'au meilleur baiser que tu aies jamais eu, il était comment ?

— Eh bien...

Le souvenir de nos baisers échangés en bas de chez moi, tout comme celui dans le placard à fournitures, m'assaillit. La vérité, c'était que chacun d'entre eux avait rendu mes genoux flageolants. Heureusement, c'est là que les bras musclés de Matteo s'avéraient si pratiques pour me soutenir.

— Ah ah ! Si bien que ça ? Je te vois rougir.

— Je ne rougis pas, et tu le sais, rouspétai-je.

— Oui, mais c'est tout comme. Tu as cette expression qui est entre la béatitude et l'excitation. Tout ça combiné au fait que tu es gênée que je t'aie percée à jour.

— Je vais devoir raccrocher.

— Je me doute, s'il embrasse si bien que ça, tu dois avoir hâte de le retrouver. Passe une bonne soirée, sois sage, mais pas trop !

Sur ce dernier conseil, je lui dis au revoir et mis fin à la conversation.

Alix avait eu raison sur une chose, je me sentais belle dans cette combinaison. Il ne me restait plus qu'à enfiler une paire de talons, et ce serait parfait. À moins qu'une paire de sandales plates soit plus judicieuse ? Je n'avais aucune idée de l'endroit où Matteo m'emmenait, et si j'allais devoir beaucoup marcher.

Je fus interrompue dans mes considérations par la sonnette de la porte.

Mince, il était déjà là !

Et ma panique s'intensifia quand je me rendis compte que 1) il était devant ma porte d'entrée, et pas celle de l'immeuble et 2) que ma mère cria : Je vais ouvrir !

C'était vraiment une plaie de vivre avec mes parents !

Malgré le fait que je sois toujours pieds nus, et que j'utilise tous mes talents de sprinteuse, elle se débrouilla pour arriver à la porte avant moi. J'aurais presque parié qu'elle faisait le guet là-bas depuis que je lui avais annoncé que j'avais un rendez-vous avec un homme.

— Bonjour, dit-elle d'une voix mielleuse. Vous devez être Matteo ?

Il lui adressa le sourire que je commençais à bien connaître, et qu'il utilisait pour charmer toutes les femmes sur son passage.

— Et vous devez être la grande sœur de Joséphine ? Marguerite, c'est ça ?

Maman lâcha un petit rire cristallin, digne d'une adolescente à qui son crush vient enfin d'adresser la parole.

— Vous êtes gentil, je suis Hélène, la maman de Joséphine.

Pourvu qu'il ne lui sorte pas un truc ridicule comme le fait qu'elle avait dû m'avoir très jeune, ou qu'il refusait de la croire... Mais il se contenta de dire :

— Je suis ravie de faire votre connaissance, Hélène.

La seconde suivante ses yeux se braquèrent sur moi. Ils remontèrent le long de ma silhouette et quand il arriva à mon visage, il sourit à nouveau. Mais cette fois-ci, avec cette expression qui me faisait me sentir spéciale. Il ne m'avait pas encore dit un mot, que j'avais déjà des papillons dans le ventre.

— Je vais enfiler mes chaussures, j'arrive tout de suite.

Je piquai un sprint dans l'autre sens, croisai mon père qui apparemment voulait lui aussi faire connaissance avec le nouvel arrivant. Il fallait vraiment que je me dépêche.

J'optai pour les sandales, attrapai mon sac et déboulai dans le salon, moins d'une minute après l'avoir quitté.

Matteo était en grande conversation avec ma mère. Je n'avais aucune idée de quoi ils pouvaient parler, je ne le laissai même pas finir sa phrase, m'emparai de son bras et annonçai :

— On devrait y aller, sinon on va être en retard. Bonne soirée, papa et maman !

Je poussai littéralement Matteo vers la porte.

Quand nous fûmes dans le couloir, il demanda :

— Pressée de partir ? Tu as peur qu'ils me posent des questions gênantes ?

— Oh ! C'est pas vraiment les questions sur toi qui me gênent. Il ne leur faudrait pas plus de dix minutes pour te dévoiler tous mes vilains petits secrets.

— Dix minutes, c'est que tu n'en as pas tant que ça. Ça ne doit pas être si terrible.

— Peut-être un jour, mais pas aujourd'hui.

Il saisit ma main et déposa un baiser dessus.

— Ça veut dire qu'il y aura d'autres rendez-vous ? Ça me plaît, comme idée.

— Tout dépendra des vilains petits secrets que toi tu me confieras sur toi, plaisantai-je.

En sortant de l'immeuble, je levai les yeux en direction de mon appartement. Sans surprise, mes parents étaient penchés au balcon. Ils n'essayaient même pas de s'en cacher, papa me fit même un petit coucou.

Note à moi-même : ne plus jamais accepter que Matteo vienne me chercher chez moi tant qu'ils seront là.

Ce fut avec soulagement que je grimpai dans sa voiture.

— Où est-ce qu'on va ?

— Et si je te laisse deviner ?

— Dans un des 1500 restaurants que doit compter cette ville ?

Il éclata de rire en secouant la tête.

— Je me suis fait avoir à mon propre jeu, avoua-t-il.

— Qui consistait en ?

— Au lieu de choisir moi-même le restaurant, te demander où tu imaginais que nous allions. Il est fort probable que dans tes propositions, il y ait le nom de l'endroit où tu rêves que je t'emmènes.

J'ouvris la bouche, stupéfaite par cet aveu.

— C'est brillant. J'ai un peu l'impression que tu as déjoué une stratégie que nous les femmes ne savons même pas posséder.

— Je prends ça comme un compliment. Mais j'ai l'impression que je me suis foiré sur ce coup-là.

— Non, j'ai juste faim. Emmène-moi là où bon te semble, du moment qu'on y mange aussi bien que chez toi.

29

MATTEO

J'emmenai Joséphine dans un restaurant situé dans les collines, bien loin de l'agitation du bord de mer. Malgré ce que je lui avais fait croire dans la voiture, j'avais en fait réservé. Il était impossible d'avoir une table dans le cas contraire.

— Je crois que je ne peux plus rien avaler, déclara-t-elle en se laissant retomber au fond de sa chaise. C'était vraiment délicieux.

Pour être honnête, heureusement que j'étais déjà venu, car je n'avais pas vraiment prêté attention à la nourriture. Je n'avais eu d'yeux que pour elle.

Au fur et à mesure de la soirée, je notai les tas de petites manies qui caractérisaient Jo. La façon dont elle attrapait le bout de ses cheveux quand elle parlait, qu'elle mordait sa lèvre inférieure pour ne pas rire, par exemple.

Même si j'avais l'impression que la côtoyer à l'hôpital m'avait appris beaucoup sur qui était Joséphine Toussaint, la voir dans un cadre privé était encore une autre expérience. Elle était beaucoup plus détendue, et ce n'était pas pour me déplaire.

Surtout que je m'étais lancé un nouveau défi : la faire rire. Cela m'amusait beaucoup de la voir lutter. Il allait tout de même falloir, à un moment ou un autre, que je lui dise que si elle trouvait son rire ridicule, moi je l'adorais.

— Tu connais l'histoire d'un mec qui rentre dans un bar ?

Elle secoua la tête.

— Il demande : deux bières, s'il vous plaît. Le patron lui répond : des pressions ? L'homme explique : non, alcoolisme.

J'avais un peu épuisé mon stock de blagues, ce soir. Si bien que même si elle l'amusa, elle n'eut pas l'effet espéré.

— Tu connais combien de blagues de ce genre ? J'ai l'impression que tu en sors à tous les patients. Il y a un cours à l'école des pompiers ?

— Non, je ne plaisante pas avec tous, seulement quand je sens que ça peut aider à les détendre.

— Je ne sais pas comment tu fais, je suis incapable de me rappeler d'une histoire drôle plus de deux minutes.

— C'est le moment où je vais devoir t'avouer qu'en vérité, j'ai une passion bizarre, et je tiens des petits carnets où je consigne mes blagues. Je suis d'ailleurs régulièrement invité à des dîners le mercredi soir pour en parler.

Elle pencha la tête, m'indiquant qu'elle ne croyait pas une seconde à mon histoire.

— Non, c'est pas à ce point. J'ai une bonne mémoire, pour ce genre de choses. J'ai vite compris que l'humour pouvait débloquer pas mal de situations. Alors c'est un peu devenu mon arme secrète. Mais à la base, c'était plutôt pour me protéger moi.

— C'est-à-dire ?

— Je t'ai déjà dit que je n'étais pas un gamin super populaire, raconter des blagues, c'était un peu mon moyen de me rendre intéressant.

— On dit que l'humour est la politesse du désespoir.

— J'ai déjà entendu ça. Mais rassure-toi, j'ai bien changé depuis ce temps-là. Et je le fais plus pour les autres que pour moi.

— Tant mieux.

Nous quittâmes le restaurant, et j'eus beau faire tous les détours possibles, nous arrivâmes bien trop tôt en bas de chez Joséphine.

Je sortis de la voiture et la contournai pour aller lui ouvrir sa portière. Joséphine quitta l'habitacle à son tour, se redressa, et n'hésita pas une seconde à s'approcher de moi, pour que je puisse l'embrasser. Avec ma main sur ses reins, je la pressai un peu plus contre moi. Dans d'autres circonstances, j'aurais eu des plans en tête pour poursuivre la soirée. Mais ce soir, j'avais bien conscience que je ne dépasserais pas le pas de sa porte.

Voire ce bout de trottoir…

— Salut les amoureux ! lança une voix d'homme derrière nous. J'ai l'impression que votre soirée s'est bien passée ?

Joséphine sursauta et rompit notre baiser, elle se tourna en direction de la voix.

— Papa, il y a un concierge qui s'occupe de sortir les poubelles, tu n'as pas à le faire toi.

— Oh, j'avais envie de me dégourdir un peu les jambes. Ce n'est pas un crime, plaisanta-t-il.

— Et comme par hasard, c'est pile à la seconde où on rentre, commenta Joséphine à mon intention.

— Tu ne crois tout de même pas qu'il attendait qu'on arrive, dans l'entrée avec sa poubelle ?

— Il en serait bien capable, soupira-t-elle. J'ai l'impression d'avoir d'avoir à nouveau 15 ans.

— C'est plutôt mignon, il s'inquiète pour toi. Mais est-ce que ça veut dire que si je veux te parler après l'heure du couvre-feu, il va falloir que j'envoie des petits cailloux contre la fenêtre de ta chambre ?

— J'habite au deuxième étage, tu as intérêt à bien viser et surtout à t'y prendre correctement pour ne pas briser la vitre.

— Tu sais qu'à l'école des pompiers on nous apprend aussi comment grimper à l'étage, sans passer par l'intérieur.

— Tu comptes te servir de cet enseignement ?
Je déposai un baiser sur son front.

— S'il le faut, je suis prêt à prendre des risques. *Courage et dévouement* sont nos maîtres mots, n'oublie pas.

Du coin de l'œil, je vis le père de Joséphine qui tenait la porte de l'immeuble. Elle dut s'en apercevoir aussi, car elle déclara :

— Je vais y aller, j'ai l'impression qu'il m'attend.

— Nous allons y aller, je t'accompagne.

— Je n'ai pas dit que je t'invitais à boire un dernier verre, s'amusa-t-elle.

— Non, mais moi j'ai dit que je te ramenais jusqu'à ta porte.

— Ah bon ? Quand ça ?

— OK, je ne l'ai peut-être pas dit à haute voix, mais j'en ai bien l'intention. Et je suis certain que ton père s'y attend aussi. Ça pourrait très bien être un test, chuchotai-je comme si je venais de découvrir sa ruse.

Jo se saisit de ma main, et m'entraîna à sa suite dans l'immeuble. Son père eut l'élégance de nous précéder, mais une fois sur le pas de la porte, il se tourna vers moi et déclara :

— C'était un plaisir de faire votre connaissance, Matteo.

Il pénétra dans l'appartement, nous laissant seuls sur le palier.

— Eh bien, je crois que c'est clair, je n'ai pas intérêt à franchir cette porte.

— Je suis désolée, répondit Jo mi-amusé mi-déconfite. Vivement qu'ils puissent retourner dans leur maison.

— Je ne voudrais pas paraître pessimiste, mais je suis passé dans la rue pas plus tard qu'hier, et j'ai comme l'impression que ce n'est pas pour demain la veille.

— Oh mon Dieu ! Mais qu'est-ce qui m'a pris de les inviter ici !

— C'était la chose à faire, ce n'est que temporaire. Dans quelque temps tu en riras, peut-être même avec eux. Et en attendant, je promets de te kidnapper le plus souvent possible, si tu m'en laisses la chance.

Son sourire revint.

— J'ai passé une excellente soirée.

— Moi aussi. Est-ce que j'ai le droit à un baiser de bonne nuit ?

— Bien entendu, répondit-elle avant d'accéder à ma requête.

Quand le baiser fut terminé, elle murmura :

— Tu sais que s'ils n'avaient pas été là, je t'aurais probablement laissé entrer ?

— Et moi, je ne l'aurais peut-être pas fait.

Ma réponse l'interpella, elle fronça les sourcils, perdue. Alors j'expliquai :

— Je ne me contenterai pas d'un « probablement », le jour où je franchirai cette porte, c'est que tu seras sûre de toi.

30

JOSÉPHINE

Après avoir embrassé Matteo une dernière fois, j'entrai dans mon appartement. Je trouvai mes parents tous les deux assis sur le canapé, la télé n'était pas allumée, ils ne prenaient même pas la peine de faire semblant !

— Comment s'est passée ta soirée, ma chérie ? demanda maman.

— Si j'en crois la façon dont ils se comportaient sur le trottoir, je crois que sa soirée s'est bien passée, s'amusa papa.

Mais moi, ça ne m'amusait pas du tout.

— Il m'a l'air tout à fait charmant. Où est-ce que vous êtes allés dîner ? C'est la première fois que vous sortiez ensemble ? Depuis quand vous vous fréquentez ?

Elle ne me laissait même pas le temps de répondre à une question.

— Pas très longtemps, c'est la première fois que nous allions dîner dehors...

— Et tu l'as laissé t'embrasser, la première fois ? On ne dit pas qu'il faut attendre...

Cette fois-ci, c'est moi qui la coupai :

— Maman, je ne vais pas discuter avec toi ou papa de ce que je devrais faire lors de mes rendez-vous avec Matteo, ou n'importe quel autre homme. Si vous n'habitiez pas ici avec moi, vous ne seriez même pas au courant que je l'ai vu ce soir.

Maman sembla offusquée.

— Tu ne me l'aurais même pas dit à moi ?

Papa la regarda comme si elle venait de le trahir.

— Ni à toi, ni à personne. Ne fais pas cette tête-là. Marguerite a mis des mois pour vous présenter Achille.

Mais cette soudaine comparaison la fit totalement changer d'attitude.

— Oh ! Si tu le compares déjà à Achille, c'est qu'il doit être spécial ?

— Bonne nuit, maman, papa.

Je fonçai vers ma chambre, et une fois la porte refermée, m'adossai contre elle et soupirai.

Je savais qu'ils ne voulaient que mon bien, mais cette intrusion dans ma vie privée, c'était un peu lourd à supporter.

Je retirai mes sandales, me déshabillai, et décidai de me préparer pour la nuit. Après être passée par la salle de bains, je mis un short de pyjama. Au moment de prendre un T-shirt dans l'armoire, je vis celui que Matteo m'avait prêté le jour où il m'avait sauvée de la baignoire. Je l'enfilai à mon tour. Malheureusement, j'avais dû le laver, et il ne sentait plus son odeur. Mais savoir que je portais son T-shirt me donnait l'impression d'être un peu plus proche de lui, quand bien même il n'était pas là.

Sur ma table de chevet, mon téléphone sonna. Je m'approchai et constatai avec plaisir qu'il s'agissait de Matteo.

— Je te manque déjà ? demandai-je tout en m'allongeant sur le lit.

— Peut-être bien que oui.

— On vient de se quitter.

— Oui, mais on n'a pas décidé quand on allait se revoir.

— Qui te dit que je suis d'accord pour te revoir ? le taquinai-je.

— Pitié, ne me dis pas que tes parents ont réussi à te convaincre que je suis le mauvais garçon du lycée, ou qu'ils t'ont privée de sortie.

— Au contraire, je crois qu'ils t'aiment un peu trop, si on considère qu'ils ne t'ont pas vu plus de cinq minutes.

— Que veux-tu, c'est mon charme naturel.

— Ou alors, ils sont tellement désespérés que pour me caser, ils sont prêts à tout.

— Au vu de la situation actuelle, j'avais plutôt l'impression que c'était toi qui cherchais à les caser.

— Oui, tu as raison.

— Alors ? Est-ce que je peux espérer te voir demain ?

— Trois fois en quatre jours ? Tu as peur que je m'échappe ?

— On a convenu qu'on avait une relation d'adolescents, on est plutôt frénétiques à cet âge-là.

— Je ne peux pas, demain je travaille, après-demain aussi, mais je suis libre le soir.

— Moi je suis de garde. Le jour d'après, peut-être ? Je suis de repos, on pourrait se voir dans la journée, pour changer ?

— Avec plaisir. Tu as quelque chose en tête ?

— Peut-être bien que oui.

— J'ai le droit de savoir ?

— Pas pour l'instant.

Sa réponse avait beau être vague, je souris bêtement au plafond.

— Qu'est-ce que tu fais ? demanda-t-il.

Pour quelqu'un qui de son propre aveu n'était pas très téléphone, il n'avait pas l'air pressé de raccrocher.

— Je me préparais à aller me coucher.

— Oh, et comment on se prépare à aller dormir, quand on est Joséphine Toussaint ?

— Je suppose comme pas mal de monde. On enfile une tenue confortable, et on s'allonge.

— Confortable ? Même pas sexy ?

— Non, désolée de te décevoir. Et pour rappel, je vis avec mes parents.

— Oh, je vois. Tu es plutôt pyjama Harry Potter, ou princesses Disney ?

— Quand même pas à ce point.

— Est-ce que j'ai le droit de te demander ce que tu portes ? Ou on n'en est pas encore là dans notre relation ?

— Je t'ai déjà dit que ce n'était pas sexy. J'ai un short en coton, et un T-shirt.

— Comment, le T-shirt ?

Bien entendu, il fallait qu'il pose cette question. Mais en fait, j'étais heureuse d'y répondre.

— Ton T-shirt. Celui que tu m'as donné le premier jour quand tu m'as sortie de la baignoire.

Il y eut un blanc au bout du fil, puis il déclara :

— Tu ne me détestais pas tant que ça, alors ?

— C'est un T-shirt en très bon état, et je n'aime pas jeter des choses qui peuvent servir.

— Mais tu aurais pu le donner.

— Il me manquait justement un T-shirt pour dormir.

— Dans ce cas, s'il était utile…

— Voilà, c'est par pure utilité que je l'ai enfilé, pas parce qu'il me fait penser à toi.

— Oui, qui irait penser une chose pareille ?

Il y eut un nouveau silence, mais j'avais l'impression de sentir son sourire malgré le fait que je ne pouvais pas le voir.

— Et moi, tu ne veux pas savoir comment je dors ?

— Si, bien sûr.

— Dans un lit.

Sa pirouette m'amusa tout autant qu'elle m'intriguait.

— Mais alors ça veut dire…

— Tu en tireras les conclusions que tu veux. Bonne nuit, Jo.

31

MATTEO

Eh bien, pour une fois que ce n'était pas un feu de poubelle... lâcha Roméo en s'essuyant le front.

Nous venions d'intervenir sur un feu d'appartement, qui était maintenant éteint. Mais l'intervention était loin d'être finie, il fallait ranger tout le matériel.

— Tu es rouillé ? le charriai-je. Ça faisait combien de temps que tu n'étais pas allé au feu ?

— Parce que tu vas me faire croire que tu en as fait beaucoup plus dans ton ancienne caserne ?

— Non, mais ce n'est pas moi qui étais essoufflé en portant la lance dans l'escalier.

— Va te faire voir, bougonna-t-il.

J'aimais ces moments, quand la pression retombait, et que nous pouvions plaisanter après une intervention. Le feu avait été difficile à maîtriser, du fait de l'accès compliqué à l'appartement. Fort heureusement, il était vide au moment des faits, et les voisins avaient rapidement évacué.

Quand enfin je fus de retour au camion, je consultai mon téléphone. J'avais envoyé un message à Jo, plusieurs heures plus tôt, pour lui annoncer que je partais sur un feu. Nous en avions échangé plusieurs depuis quelques jours. Encore une chose qui n'était pas dans mes habitudes, mais que je prenais plaisir à faire. Je lui envoyai donc un autre texto, histoire de lui confirmer que tout s'était bien passé.

Feu terminé, on retourne à la caserne. Et toi, tu as fini ta journée ?

— Regardez-moi ce lover qui envoie des messages à sa petite amie, railla Roméo.

— Moi au moins, j'ai une petite amie

— Tu sais très bien que je pourrais avoir toutes les petites amies que je veux, la différence entre toi et moi c'est qu'on n'a pas la même conception du mot petite amie.

— Ta mère serait tellement triste d'entendre ça, elle qui t'a donné le prénom du plus grand des romantiques.

Je reçus la réponse de Jo :

Oui, je suis tellement crevée que je suis déjà dans mon lit, en train de bouquiner. J'ai pas le courage de regarder la télé avec mes parents, ils ne vont pas arrêter de parler.

Je répondis :

Et est-ce que tu portes mon T-shirt, cette fois-ci ?

— Je pourrais être bien plus romantique que toi, s'il le fallait, avança Roméo.

— Tiens donc, j'ai tout de même du mal à t'imaginer chanter la sérénade sous un balcon.

— Parce que c'est un truc que tu serais capable de faire, toi ?

Mais je ne répondis pas tout de suite à sa question, car Jo m'avait déjà répondu :

Peut-être

Je m'empressai de rétorquer :

Il faudrait que je vienne vérifier...

— Pourquoi pas, s'il le fallait, finis-je par répondre à Roméo.

— Mais bien sûr, dit-il en secouant la tête.

— C'est un défi ?

— Je te dirais bien oui, mais j'aime bien le docteur Jo, et je n'ai pas envie de te pousser à faire un truc qui sera super embarrassant pour elle.

— C'est marrant, parce que ça me donne justement une idée.

Nous étions dans le quartier de Jo, et je savais qu'elle était chez elle.

— Mike, tu peux passer dans la rue d'à côté, s'il te plaît. J'ai un stop à faire, je n'en ai pas pour longtemps.

— OK, bien reçu, me répondit le chauffeur de notre camion.

— Mais qu'est-ce que tu fais, demanda Roméo en secouant la tête.

— Une surprise pour ma Juliette, elle habite juste à côté, je serais un idiot de ne pas tenter le coup.

— Je te préviens, si tu fais une connerie et que le capitaine...

— Il n'en saura rien, sauf si tu vas le lui dire. Et je ne vais pas faire une connerie.

Je donnai des indications à Mike pour qu'il se gare devant l'immeuble de Jo.

— Donc on t'attend bien sagement ici, pendant que tu vas sonner chez ta belle. Je te préviens, tu as cinq minutes, passé ce délai je demande à Mike de nous ramener. Peu importe que tu sois dans le camion ou pas.

— Non, tu ne vas pas attendre ici, en fait j'ai besoin d'un coup de main de votre part.

Il me suivit à l'extérieur du camion.

— Bon, les gars, vous voyez cette fenêtre au deuxième étage ? J'ai besoin que vous m'aidiez en montant la grande échelle jusqu'à celle-ci.

— J'y crois pas ! Tu vas vraiment aller lui chanter la sérénade !

— Peut-être pas une sérénade, mais lui faire une surprise, alors qu'elle ne s'attend pas à me voir, pourquoi pas.

Je n'ajoutai pas que j'avais également envie de la voir avec mon T-shirt, et si j'étais chanceux de repartir avec un baiser. Je pris place dans la nacelle, et mes collègues actionnèrent le mécanisme qui permettait de déployer l'échelle. Arrivé devant la fenêtre du deuxième étage, je distinguai vaguement Jo à travers les rideaux. Je frappai un petit coup à la fenêtre. Elle sursauta, et se leva du lit pour aller en direction de celle-ci.

— Matteo ! Mais qu'est-ce que tu fais ici ?

Elle était étonnée, mais ne cachait pas son sourire.

— Le feu était dans ton quartier, j'ai convaincu mes collègues que j'avais besoin de faire un petit détour. J'avais besoin de vérifier cette histoire de T-shirt.

Je constatai qu'elle portait effectivement le mien, qui lui descendait jusqu'à mi-cuisse. C'était idiot, mais savoir qu'elle dormait avec mon vêtement provoquait en moi une sensation très plaisante.

— C'est la première fois que je te vois en tenue de feu.

— De quoi ai-je l'air ?

— D'un mec qui a besoin d'une bonne douche, dit-elle en riant. Tu as de la suie sur les joues.

— Ça signifie que je perds tout espoir que tu m'embrasses ?

— Non, mais…

Des coups furent frappés à sa porte.

— Joséphine ? Tu parles avec quelqu'un ?

— C'est le moment où tu dois répondre que tu es au téléphone avec ta meilleure amie, je crois, chuchotai-je.

— Je suis au téléphone ! cria-t-elle à sa mère avant de s'adresser à moi. Tu m'as l'air bien renseigné, tu fais souvent ça, de venir voir des femmes avec la grande échelle ?

— Non, c'est une première. Mais dans les films, c'est ce que font les ados quand elles mentent à leurs parents, et que le bad boy du lycée est planqué dans l'arbre en face de leur chambre. Et avant que tu ne demandes, je te rappelle que j'étais un loser à cette époque, donc non, je ne grimpais pas dans les arbres.

— Matt ! On va devoir y aller ! lança Roméo depuis en bas.

— On se voit toujours demain ?

— Oui, bien sûr. Je peux en savoir plus sur ce qu'on va faire ?

— Non, mais enfile quelque chose de confortable, on va marcher.

— OK, répondit-elle un brin inquiète.

— Je peux avoir mon baiser avant de partir ?

Elle ne se fit pas prier, et posa ses lèvres sur les miennes. Depuis la rue, mes collègues se mirent à siffler.

— Encore une chose qui me fait penser à l'époque du lycée, conclut Jo.

— En fait, c'est toi qui avais des garçons qui venaient t'embrasser par la fenêtre ?

— Pas du tout. Mais depuis que je suis avec toi, et grâce à mes parents, j'ai l'impression de rattraper tout ce que j'ai manqué à cette époque.

32

JOSÉPHINE

Matteo m'avait demandé de le rejoindre sur la promenade des Anglais en début d'après-midi. Je n'avais aucune idée de ce qui m'attendait, à part mon nouveau pompier préféré, mais je constatai en arrivant qu'il n'était pas seul, Maurice était là lui aussi. Dès qu'il me vit, le petit chien sembla me reconnaître et tira sur sa laisse. Matteo ne lui donna pas de lest, mais dès que je fus assez près, Maurice sauta sur mes jambes avant même que j'aie eu le temps de saluer son propriétaire.

— Maurice, tu m'avais promis de te comporter en gentil garçon ! gronda Matteo.

— Il n'est pas... ah ! Mais qu'est-ce qu'il fait !

Il était en train de me lécher les jambes.

— Maurice !

Cette fois-ci, il se montra plus obéissant. Il s'assit sur son arrière-train, et j'étais sûre qu'il me regardait d'un œil mauvais, il me reprochait d'avoir gâché la fête.

— Je suis désolé, s'excusa Matteo. Le but de cet après-midi était justement que vous appreniez à vous connaître un peu mieux, et ça démarre plutôt mal, ajouta-t-il en lançant un regard noir à Maurice.

Vous connaître ? On parlait bien d'un chien, là ? Ce n'était pas comme s'il me présentait à ses parents, ou un truc du genre. Si ?

— Et donc, qu'est-ce que tu as prévu pour que Maurice et moi on brise la glace ?

— Tout simplement une promenade. Je me disais qu'on pourrait ensuite aller s'acheter une glace en arrivant vers les Ponchettes. Je sais que tu n'aimes pas les chiens, alors...

— En fait, c'est être léchée que je n'aime pas.

En le disant à haute voix, je me rendis compte du double sens, et vécus un de ces moments embarrassants où on se dit qu'on aurait mieux fait de se taire.

— Tu n'aimes pas être léchée ? reprit Matteo sans cacher son amusement. On est d'accord qu'on ne parle pas de glace, là ? Faut-il que je note cette information ?

— Seulement en ce qui concerne les chiens.

— Tu as entendu, mon pote, dit Matteo en s'adressant à Maurice. La restriction ne s'applique qu'à toi.

J'avais conscience qu'une fois de plus, il s'amusait à me torturer. Mais je fis comme si je n'avais pas remarqué. Il me tendit la laisse de Maurice.

— Tu veux vraiment que je m'occupe de ton chien ?

— Certaines personnes seraient très honorées de la confiance que je leur porte. Je ne laisse pas Maurice à n'importe qui.

J'hésitai à poser la question suivante.

— Qui s'en occupe quand tu es en garde, maintenant que Bernadette n'est plus là ?

— Je le laisse en général chez Giovanni, sa coloc Clémence craque pour mon petit bonhomme.

— Je peux te demander pourquoi tu as pris un chien, sachant que tu dois souvent t'absenter de chez toi ?

Il soupira.

— Je n'ai pas pu résister, ce petit gars m'a fait craquer dès que j'ai posé les yeux sur lui. Un collègue de mon ancienne caserne avait une chienne qui a eu une portée. À la base j'étais seulement venu les voir, car j'ai toujours aimé les animaux, mais quand je l'ai vu...

Mon regard se porta sur le chien qui s'était arrêté à quelques mètres. Un groupe d'enfants était face à lui en train de s'extasier. Et Maurice, trop content d'être le centre de l'attention, frétillait de la queue.

Matteo s'approcha des enfants, et les autorisa à caresser Maurice. Tout le temps que dura l'échange, il resta aussi attentif à son compagnon qu'aux enfants qui le remercièrent en partant.

— Est-ce que Maurice a déjà mordu quelqu'un ?

— Non, mais on n'est jamais trop prudent. Je suppose que toi aussi tu as dû voir passer ton lot de morsures, aux urgences.

— Tu as raison.

— Si tu t'inquiètes de savoir s'il peut t'attaquer un jour, je dirais que la probabilité est assez faible. Maurice peut se montrer très protecteur en ce qui me concerne, alors si jamais tu décides de t'en prendre à moi, fais-le quand il n'est pas là, plaisanta-t-il.

Nous parcourûmes encore quelques mètres, avant que je dise :

— Tu sais, j'avais toujours dit que je ne sortirais pas avec un mec qui avait un chien.

— Je crois me souvenir que tu avais dit pas de pompiers, non plus.

— Oui, tu coches déjà deux conditions dans ma liste des « en aucun cas ». Tiens, d'ailleurs, est-ce que tu as un quelconque talent artistique ?

— C'est une question piège ?

— Ça dépend. Mais je préférerais que tu me dises la vérité.

— Je ne crois pas. J'ai fait une empreinte de ma main en argile pour mes parents quand j'avais cinq ans. Le résultat était assez abominable d'ailleurs, est-ce que ça compte ?

— Non, c'est bon. Et quel âge as-tu ?

— Je suis assez vieux pour avoir connu des poissons rouges qui s'appelaient Maurice.

— Ce qui signifie ?

— J'ai 30 ans.

— Donc, un an de moins que moi...

— Laisse-moi deviner, ne pas sortir avec un mec plus jeune que toi figurait aussi sur ta liste d'« en aucun cas ».

Je lui répondis par un simple regard, il secoua la tête.

— Tu te rends compte que tu portais encore des couches quand je suis né, tout de même. Ce n'est pas comme si on avait 20 ans de différence. !

Je le rassurai d'un sourire.

— J'ai peut-être dit que je ne sortirais pas avec un mec plus jeune, mais un an de différence, je suis tout de même assez lucide pour reconnaître que ce n'est rien du tout. Et puis, je crois qu'on n'est plus à ça près ?

— À toi de me dire...

— Je suis là, c'est bien la preuve que je suis capable de passer outre les interdictions que je me suis moi-même imposées.

— Ces règles étaient-elles en vigueur avant que tu rencontres ton ex, ou tu les as éditées après ?

J'étais surprise par sa question, mais après l'interrogatoire que je venais de lui faire passer, je devais m'y attendre.

— Les chiens c'est depuis toujours, les pompiers c'est seulement depuis lui.

— Je ne sais pas ce qu'il t'a fait, mais j'ai envie de le retrouver, et de lui tordre le cou.

— Crois-moi, j'ai aussi envie de le retrouver.

Matteo stoppa net, et je compris que je lui devais des explications. Je posai ma main sur son bras.

— Je n'ai pas envie de le retrouver parce qu'il me manque, ou quelque chose de ce genre. Si je le recroise un jour, c'est certainement ma main dans sa figure qu'il se prendra.

— C'est lui qui t'a quittée ?

— Je ne pense pas que *quitter* soit un mot approprié. Aux dernières nouvelles, nous étions censés nous voir, et partir en week-end en amoureux. Sauf qu'il n'est jamais venu, et quand j'ai essayé de le joindre, il n'a jamais répondu à son téléphone. J'ai cru qu'il avait eu un empêchement, qu'il lui était arrivé quelque chose. Je l'ai cherché partout, mais il n'était nulle part. Il lui arrivait parfois d'être injoignable pendant quelques jours, à cause de son travail, il voyageait beaucoup. Mais en général, il me prévenait, ou alors il finissait toujours par me rappeler. Mais là, c'était le silence radio. Je suis même passée à la caserne où il officiait comme volontaire. Le capitaine m'a répondu froidement qu'il ne faisait plus partie des effectifs. J'ai compris à ce moment-là qu'il s'était passé un truc, mais que ce n'était pas seulement moi qu'il avait rayé de sa vie.

— Tu n'as pas essayé d'aller chez lui, pour le confronter ?

— J'ai fini par m'y rendre, au bout de quelques semaines. Je n'avais pas la clé, car on se voyait rarement là-bas. C'était tout petit, je me moquais souvent de lui en disant qu'il vivait comme un étudiant. Lui répondait qu'il ne voyait pas l'intérêt de prendre quelque chose de plus grand, sachant qu'il bougeait beaucoup et qu'entre les gardes à la caserne et les nuits qu'il passait chez moi, c'était tout juste si l'endroit lui servait de placard. Je suis restée devant la porte plusieurs heures, et sans surprise, il n'est pas venu. Un voisin a fini par me dire qu'il ne l'avait pas vu depuis des semaines, et qu'il pensait qu'il avait déménagé.

— Punaise, Jo, je suis désolé.

— Ce n'est pas de ta faute si je suis tombée sur un connard.

— Personne ne mérite d'être quittée comme ça.

— Je suppose. Surtout quand tu as demandé la main de cette même personne, un mois auparavant.

— Merde...

— Je sais que je suis ridicule quand je disais que je ne voulais plus sortir avec un pompier. Mais certains de ses collègues me connaissaient, me croisaient tous les jours à l'hôpital, c'est comme ça qu'on s'est rencontrés. Du jour au lendemain, ils ont fait comme s'ils ne me connaissaient plus. Ils m'évitaient.

— Punaise, si je croise ces mecs...

Ses yeux lançaient des éclairs, et j'avais vraiment l'impression qu'il était en colère. Je serrai sa main.

— Tu ne feras rien. De l'eau a coulé sous les ponts, et je n'ai même plus à les croiser vu qu'entretemps j'ai changé d'hôpital. Par contre, nous deux, nous sommes là, et il me semble bien que tu m'avais parlé d'une glace ? Je me trompe ?

33

MATTEO

Rossi, je peux vous parler ? demanda le capitaine alors que je m'apprêtais à quitter la caserne à la fin de ma garde.

— Oui, bien sûr.

Je le suivis dans son bureau où il récupéra un papier qu'il me tendit :

— C'est votre convocation au poste de police d'Antibes pour l'affaire dont je vous avais parlé.

— L'accident de voiture pour lequel la femme du conducteur porte plainte ?

— C'est ça.

Mes yeux se posèrent sur le papier, je vis qu'une date et une heure y étaient inscrites, mais c'était comme si mon cerveau n'imprimait pas tout à fait l'information.

— Ne vous inquiétez pas, Matteo, ce n'est qu'une formalité de routine.

— Un homme est mort...

— Oui, mais ce n'est pas notre faute. J'ai lu les rapports d'intervention, si tout s'est passé comme vous l'avez décrit, ni vous ni vos collègues n'avez à vous reprocher quoi que ce soit. Et je suis confiant sur le fait que la police conclura la même chose.

— Et si ce n'est pas ce qu'il se passe ?

— Dans ce cas-là, on avisera. En attendant, rentrez chez vous, allez vous reposer et ne vous prenez pas trop la tête pour ça.

Je fis comme le capitaine l'avait ordonné, à un détail près : je m'étais procuré le dossier de l'accident. Du coup, je passai en revue celui-ci, essayant de trouver la faille, ce que j'aurais pu faire différemment, un détail qui aurait pu sauver la vie de cet homme.

Ce n'était pas mon premier accident sur la voie publique, ni le dernier, mais les photos étaient toujours impressionnantes. Parfois, je me demandais ce que les gens faisaient, ou de quoi ils pouvaient parler une seconde avant que leur vie ne bascule. Était-il en train de faire des projets de vacances avec sa femme ? Étaient-ils en train de se disputer ? D'écouter leurs chansons favorites ? C'est effrayant de penser qu'en une seconde tout a basculé. Une erreur d'inattention, une décision un peu trop tardive de freiner, et une vie se termine.

Sur les photos, la tôle froissée ne laissait aucun doute sur la violence du choc. Avec l'expérience, je dirais que ce n'est pas lui qui a eu la malchance d'en mourir, mais plutôt sa femme qui a eu la chance d'y survivre.

Maurice approcha et posa ses pattes sur ma jambe, il avait le regard plein d'espoir.

— Oui, tu as envie de sortir, n'est-ce pas ?

Au moment où il entendit le mot sortir, il se précipita vers l'entrée. Je compris que je n'avais pas le choix. Cependant, je savais moi aussi que le fait d'aller m'aérer un peu l'esprit me ferait le plus grand bien.

Je mis mon portefeuille et mes clés dans ma poche, et saisis mon téléphone. Après quelques mètres dans la rue, je fis un selfie de Maurice et moi, et l'envoyai à Jo. Je savais qu'elle travaillait à l'hôpital, elle ne verrait peut-être pas ce message avant des heures, mais c'était devenu notre moyen de communiquer quand nous ne pouvions pas nous voir. Des messages, des photos, des petits riens, mais qui nous montraient que nous pensions l'un à l'autre. J'avais conscience que je devenais complètement accro. Mais cela m'était bien égal. J'avais envie de passer chaque minute de mon temps libre avec elle, ce qui n'était pas vraiment possible au vu de notre emploi du temps pas toujours compatible.

Si la balade avec Maurice me vida la tête des images de l'accident, elle les remplaça par celles beaucoup plus agréables de Joséphine.

J'avais envie de la voir, mais je ne pouvais décemment pas débarquer aux urgences et prétexter un bobo quelconque pour me faire ausculter par mon docteur préféré.

Je me rabattis donc sur mon frère, et envoyai un message à Vincenzo pour savoir s'il était disponible pour qu'on déjeune ensemble.

Je retrouvai mon Vince dans le même restaurant que celui où nous avions déjeuné la dernière fois en famille et où j'avais croisé Jo. Je savais maintenant qu'il s'agissait du restaurant de sa meilleure amie, Alix.

C'est elle qui m'accueillit. J'eus un moment de doute, est-ce que Jo lui avait parlé de moi ?

— Bonjour Matteo.

À la façon dont elle prononça mon nom, je sus qu'elle savait. Et si j'avais encore un doute, le sourire entendu qui lui fendit le visage et remonta jusqu'à ses oreilles confirma ma théorie.

— Est-ce que mon frère est déjà là ?

— Non, mais ne t'inquiète pas, quelques secondes avant son arrivée, le soleil va disparaître, et les corbeaux vont se mettre à croasser.

Je n'avais aucune idée de ce que Vincenzo avait pu lui faire, mais j'avais l'impression qu'elle ne le portait pas très haut dans son cœur.

— Je vous ai mis à sa table préférée, ajouta-t-elle.

Sa table préférée ? J'avais cru comprendre qu'il venait de temps à autre, mais je ne savais pas qu'il avait carrément ses habitudes. Mais ça ne m'étonnait pas plus que ça. Si les gens pouvaient trouver Livio maniaque (et par les gens j'entendais surtout Roxane), Vince portait cette caractéristique à un autre niveau. Il était un homme d'habitude, il ne supportait pas qu'on modifie la moindre chose dans ses routines. Si elle m'apprenait qu'il venait déjeuner tous les jours ici, à la même table, manger le même plat, je n'en serais même pas étonné.

Mais la jolie brune avait un tout autre sujet de conversation qu'elle souhaitait aborder :

— Alors, toi et Jo ?

— Oui, moi et Jo ?

Si elle avait des questions, elle n'avait qu'à les poser. Elle soupira et posa ses mains sur ses hanches ; avec son ruban dans les cheveux, sa robe à pois et son rouge à lèvres, elle me faisait penser à ces filles de l'époque rockabilly. J'aurais même dit que c'était le but recherché.

— Bon, je déteste ça. Tu as l'air d'être un mec bien : tu as un joli sourire, un petit chien trop mignon, je sais que tu as fait des trucs à la con comme cuisiner pour elle, ou l'échelle à sa fenêtre. Mais justement, je me demande si le coup d'éclat à la Richard Gere, c'est pas un peu suspect.

— À la Richard Gere ?

— Oui, dans Pretty Woman, quand il débarque à la fin dans sa limousine et qu'il lui fait coucou comme un demeuré, avec son bouquet à deux balles. Cette scène me donne à la fois envie de mourir de rire et de vomir. Mais Jo, tu vois, c'est le genre de fille qui va dire qu'elle trouve ça neu-uneu, mais qui au fond adore. Alors autant te dire qu'avec ton coup de la grande échelle, tu as marqué des points. Même si elle ne l'a pas exactement dit comme ça.

— Mais elle t'a parlé de moi, dis-je en souriant.

— Bien sûr, et dis-toi que pour une fois qu'elle me parle d'autre chose que de sutures, ou de trucs gores qu'elle voit au travail, je saute sur l'occasion pour amener la conversation sur toi dès que je peux.

Elle reprit un air menaçant.

— Mais voilà, je sais aussi qu'elle t'a parlé de son ex.

Cette fois-ci, c'est moi qui perdis le sourire.

— Elle ne l'avouera jamais, mais ce gros con l'a blessée à un point que tu ne peux même pas imaginer. Un jour il lui fait croire qu'il veut passer le restant de ses jours avec elle, et un autre, il disparaît sans laisser d'adresse. Alors tu te doutes bien que Jo, elle n'a pas passé des semaines roulées en boule dans son lit à pleurer. Elle a gardé la tête haute, elle est allée bosser tous les jours, elle a pris toutes les gardes qu'elle pouvait pour essayer d'oublier. C'était sa façon à elle de surmonter cette histoire.

— Si tu me dis tout ça parce que tu as peur...

— Non, je ne vais pas te menacer en te disant que si tu lui brises le cœur, tu vas avoir affaire à moi, ou te rappeler que j'ai des tas de couteaux de cuisine super bien aiguisés. Je vais juste te demander une chose : si un jour tu considères que ça ne va plus entre vous, que tu en as marres et que tu veux partir, je comprendrai. Mais sois honnête, et surtout dis-le lui en face, c'est tout ce que je demande.

Je hochai la tête. Je comprenais la requête d'Alix.

— Je te le promets. Je serai honnête.

Cette promesse, je ne la lui faisais pas qu'à elle, mais à moi aussi. Car je savais que rien n'était plus important que la vérité.

34

MATTEO

―――――― ε ――――――

Notre conversation ne dura pas plus longtemps, car Vincenzo arriva. Il salua Alix sans même esquisser un sourire, ce qui n'avait rien de surprenant, mon petit frère n'étant pas connu pour être le plus affable dans la famille.

— Tu viens souvent ici, il paraît ?

— Oui, c'est à deux pas du cabinet, la nourriture est correcte, et le service rapide.

J'étais certain que c'était effectivement pour ça qu'il se rendait ici, mais comme je ne serais pas un Rossi si je n'aimais pas torturer mon frère, j'ajoutai :

— Oui, et la patronne est plutôt agréable à regarder ?

Vince jeta un coup d'œil dans sa direction, puis rétorqua :

— Je croyais que tu sortais avec sa meilleure amie ?

— Comment tu sais ça ? m'étonnai-je

— On me l'a dit.

— Laisse-moi deviner ? Lara ?

— Même pas.

— Livio ?

J'en avais vaguement discuté avec mon grand frère, mais ça ne lui ressemblait pas de jouer les cancanières.

— Roxane.

— Roxane ?

— Elle bosse au cabinet, maintenant.

— Oui, je sais, c'est juste que...

— Elle s'entend très bien avec Lara, et j'ai l'impression qu'avec Livio ils sont ce genre de couple ennuyeux qui se dit tout. Donc si tu ne veux pas qu'elle apprenne quelque chose, évite d'en parler à Lara ou Livio.

— Ce n'est pas ça qui me surprend, c'est plutôt que toi tu aies eu une discussion avec elle.

— Je viens de te rappeler qu'elle bosse avec moi.

— Il s'agit d'une discussion privée.

Il soupira.

— Écoute, elle a l'air importante pour Livio. Alors je fais des efforts. Et puis, elle est plutôt cool comme fille.

— Et qu'est-ce qu'elle t'a raconté ?

— Pas grand-chose, si ce n'était que tu fréquentes un médecin des urgences, qui se trouve être la meilleure amie d'Alix, ici présente.

— Ah ! Tu l'appelles par son prénom ? le taquinai-je.

— Figure-toi qu'en plus d'être l'amie de ton docteur, c'est celle de Clémence, la coloc de Giovanni. C'est lui qui m'a emmené ici, la première fois. En gros, cette fille est partout où je vais.

— Si ça te pose un problème, pourquoi tu continues de venir ici ?

— Je t'ai déjà expliqué : c'est pratique.

Il me décrocha un regard noir qui apporta une tout autre réponse à ma question.

— Elle te plaît...

— Non, ce n'est absolument pas mon genre. Et vu que tu sors avec sa meilleure amie, je suis sûr que tu es au courant qu'elle a déjà un mec.

— Que moi je sois au courant, ce n'est pas étonnant. Que toi tu le sois... et puis si tu veux tout savoir, Jo déteste son copain.

— Ce qui me fait une belle jambe. Non pas que je veuille manquer de respect à Jo, que je ne connais pas. Et qui a déjà toute ma considération pour supporter un abruti comme toi. Changeons de sujet, quand est-ce que tu nous la présentes ?

— Je voulais t'en parler, justement. Je pensais l'emmener à l'anniversaire de maman.

— Mis à part que Lara va faire une crise parce qu'il faut refaire tout le plan de table, pourquoi tu penses que c'est une bonne idée ?

Je ne voulais pas lui raconter tout le passé de Jo, mais si je voulais qu'il m'aide avec un avis éclairé, il fallait tout de même que je lui en dise un peu.

— Jo a eu une longue relation qui s'est mal terminée. De ce que j'ai compris, son ex la tenait un peu à distance. Il bougeait beaucoup pour son travail, donc elle était habituée à ne pas être tout le temps avec lui. Mais...

Je pris une seconde pour réfléchir à nouveau à quelques détails que Jo m'avait racontés et qui m'agaçaient.

— Ce mec lui avait demandé sa main, il ne lui avait même pas filé une clé de chez lui. Qui fait ça ?

— Un mec censé ? proposa Vincenzo.

— Pardon, une seconde j'avais oublié à qui je parlais. Tu serais capable de te marier avec une femme, et de lui demander d'avoir des appartements séparés.

Vincenzo leva les yeux au ciel, et répondit :

— Je comprends ce que tu te dis. Tu as envie de lui montrer que tu prends votre relation au sérieux, et donc tu t'es dit que l'emmener à un événement de famille, c'était un des moyens d'y parvenir.

— Voilà, quelque chose comme ça.

— C'est louable comme idée. Mais n'oublie pas que c'est à un événement dans la famille Rossi que tu l'emmènes.

— Je sais, je sais. Elle va devoir affronter maman.

— Et Lara.

— Lara ne sera pas si méchante que ça.

— Lara est capable de tout en ce qui te concerne, tout le monde sait que tu es son chouchou.

— Je ne suis pas son chouchou, je suis le seul de nous quatre qui sait cuisiner.

— Faux, il paraît que Giovanni cuisine pour Clémence. Du moins, c'est arrivé une ou deux fois.

— Comment tu as ce genre d'information ?

— C'est mon boulot de récolter des informations, et de savoir ensuite comment les utiliser.

Je secouai la tête.

— Bon, Jo à l'anniversaire de maman, bonne ou mauvaise idée ?

— Bien, mais prépare-là un peu.

— T'inquiète, j'ai l'impression qu'avec sa famille, ce n'est pas de tout repos non plus.

Alix choisit ce moment pour venir prendre nos commandes, enfin plutôt ma commande. Car Vincenzo, lui, répondit par :

— Comme d'habitude.

Alors que la serveuse s'éloignait, je m'étonnai :

— Comme d'habitude ? Tu viens manger souvent ici, et tu commandes à chaque fois le même plat ?

— Non, je change en fonction des jours de la semaine.

— Et elle, elle sait que si on est mercredi tu commandes daube gnocchi, et si on est jeudi c'est poisson grillé, ratatouille ? ?

— Oui.

— J'ai toujours considéré que tu étais étrange, mais là, on atteint un summum.

— Je ne vois pas ce qui est étrange à savoir ce que je veux.

— Non, c'est certain, ce serait beaucoup trop fantaisiste pour toi, répondis-je avec sarcasme.

— Tu ne m'as pas parlé de la déposition que tu dois aller faire.

— Ça s'appelle un changement de sujet, ou je ne m'y connais pas.

— Prends-le comme tu veux, mais je croyais que tu voulais avoir mon avis ?

— Ouais.

Je passai une main sur mon visage.

— Tu te rappelles, je t'ai dit que j'étais intervenu sur un accident de voiture près d'Antibes, un des deux occupants est décédé, et maintenant la veuve veut faire une action en justice pour négligence.

— Oui, tu m'as dit que vous aviez fait votre maximum.

— Oui, mais voilà... sur place j'ai peut-être contesté une décision du médecin, et j'ai peur que ce soit à cause de ça qu'il y ait toute cette histoire.

— C'est-à-dire ?

— Le médecin a décidé de l'envoyer aux urgences à Cannes, alors que techniquement l'hôpital d'Antibes était plus proche. Avec le recul, je me dis que c'était idiot de ma part, vu l'état dans lequel il était, je doute que même en allant se faire soigner plus près, cela aurait changé quelque chose. Mais sur le moment, je n'ai pas compris, et je l'ai fait savoir à haute voix. Je pensais aussi que la femme était dans les choux. Elle était blessée, et affolée. Alors je me dis qu'il y a peu de chances qu'elle s'en souvienne, mais tout de même...

— C'est le médecin qui a pris la décision, pas toi, tu n'as rien à te reprocher.

— Oui, mais si je ne l'avais pas ouvert, peut-être qu'elle n'intenterait pas son action en justice.

— Tu n'as aucune idée si c'est à cause de ça. Va faire ta déposition, vois ce que dit la police, et quelles sont les conséquences. Ensuite, on avisera.

Je hochai la tête, essayant de croire ses paroles, mais au fond de moi je n'étais pas aussi serein que je voulais bien le faire croire.

Le lendemain, je me rendis à la déposition. Le policier en charge de l'enquête me posa toutes les questions auxquelles mon capitaine m'avait préparé. En gros, il me demanda de confirmer point par point les diverses actions que nous avions engagées, et les points qui avaient été rapportés dans le rapport. Mais contrairement à ce que Vincenzo avait supposé, il me posa la question fatidique :

— Est-ce vrai que lorsque le médecin du SMUR a annoncé vouloir envoyer le patient à l'hôpital de Cannes, vous avez exprimé votre mécontentement par rapport à cette décision ?

La chaleur écrasante qui régnait dans ce petit bureau non climatisé me parut encore plus étouffante. Je me laissai retomber au fond de ma chaise, avant de lâcher :

— Oui.

— Expliquez-moi.

— J'ai trouvé que faire endurer à la victime un trajet encore plus long n'était pas nécessaire.

Je secouai la tête.

— Je n'aurais pas dû le faire remarquer. Je ne suis pas médecin, c'était au-delà de mes compétences. Le médecin avait certainement une bonne raison de choisir de l'envoyer là-bas.

Le flic se contenta de reporter mon aveu sur son rapport.

— C'est à cause de moi, n'est-ce pas ?

Comme il fit mine de ne pas comprendre, j'insistai :

— À cause de moi que la veuve porte plainte. Si je n'avais rien dit, elle n'aurait pas eu d'éléments pour porter plainte.

Il s'arrêta de taper et se gratta la tête.

— Écoutez, Matteo, vous êtes le frère de Livio Rossi, n'est-ce pas ?

Je ne voyais pas bien ce que mon frère venait faire ici. Mais je confirmai.

— Eh bien, par amitié pour votre frère, je vais vous confier quelque chose. Ne vous torturez pas à savoir si vous avez bien fait ou non votre travail. Ce qui s'est produit, on ne pourra pas revenir dessus. Mais si j'ai un conseil, vous comme moi faisons des métiers où il y a une hiérarchie à respecter, et chaque corps de métier, que ce soit la police, les pompiers ou les médecins, a ses propres compétences. La prochaine fois, songez qu'il vaut mieux que vous restiez à votre place. C'est le meilleur moyen de s'éviter des emmerdes.

Je n'étais pas tout à fait d'accord avec son conseil, et je soupçonnai que le lieutenant assis face à moi soit loin d'être un lanceur d'alerte, mais je me contentai de l'accepter par un hochement de tête.

Quelques minutes plus tard, je quittai son bureau, avec la promesse de passer le bonjour de sa part à mes frères. Ma boule au ventre, elle, n'avait pas disparu.

35

JOSÉPHINE

—   Ça va ? Tu n'as pas l'air dans ton assiette ?

Je ceinturai par-derrière Matteo qui était en train d'apporter la touche finale à nos assiettes, dans sa cuisine. Il m'avait à nouveau invitée à manger chez lui.

— Ouais, c'est juste cette histoire de déposition que je suis allé faire cette aprèm. Je n'arrête pas d'y repenser.

— Tu veux m'en parler un peu, histoire de vider ton sac ?

— Je ne vais pas t'ennuyer avec ça.

— Hé ! Tu ne m'ennuies pas. Et je dirais même, n'est-ce pas le genre de truc qu'on devrait partager ? Je sais que ça ne fait pas longtemps qu'on est ensemble, mais...

Son sourire me fit stopper. J'étais vraiment sous le charme de ces fossettes, elles avaient un pouvoir maléfique sur moi.

— Qu'est-ce qu'il y a de si drôle ? demandai-je.

— Ce n'est pas drôle. C'est juste... je crois que tu viens de dire exactement ce dont j'avais besoin d'entendre.

— De quoi tu parles ?

— Je veux qu'on soit ce genre de couple, Jo. Qui est capable de parler de tout, de se raconter leur journée, ou les derniers potins de nos familles.

— Les derniers potins de nos familles ?

— Oui, ça un rapport avec Livio et Roxane, je t'expliquerai.

Il s'approcha un peu plus et m'enlaça :

— Mais voilà, j'ai envie de savoir que si j'ai besoin de vider mon sac, tu seras là pour moi. Et la réciproque sera toujours vraie. Mais c'est aussi valable quand tout va bien. Je ne veux pas que tu hésites à me parler de quelque chose, ou que tu hésites à me parler tout court. Je sais que par moments, je ne serai pas disponible, à cause de mes gardes, et toi aussi. Mais si on est ensemble, ce n'est pas juste parce que j'ai besoin de compagnie, c'est parce que j'ai envie d'avoir une partenaire avec qui tout partager.

Sa petite déclaration impromptue dans la cuisine avait eu son effet, je sentis les larmes me monter aux yeux.

Je posai ma joue contre son épaule et le serrai un peu plus fort.

— Merci. Merci de me dire ça, tu ne peux pas savoir comme ça me fait du bien de l'entendre.

Il déposa un baiser dans mes cheveux.

— Je sais, murmura-t-il.

— Tu veux me parler de ton affaire ?

Il mit quelques secondes avant de se lancer, puis il me raconta son entrevue au poste de police, l'accident sur lequel il était intervenu, son altercation avec le médecin.

— Ça t'aiderait si je jetais un œil au dossier ? Je pourrais te dire si je vois quelque chose sur le plan médical qui pourrait confirmer que tu avais raison de contester sa décision, ou alors t'aider à accepter que ça n'aurait rien changé.

— Merci de le proposer. Mais je ne pense pas que ce soit une bonne idée. Je ne sais même pas si c'est très légal, d'ailleurs. Je ne suis pas censé avoir une copie du dossier.

— Comment tu l'as eu ?

— Tu as oublié que la famille Rossi a de nombreuses ressources, sourit-il.

— Livio ou Giovanni ?

— Je vais garder cette information pour moi.

— Où sont passées les belles paroles de tout à l'heure : on se dit tout, et on peut parler de tout ?

Je fis mine d'être contrariée, mais je comprenais tout à fait qu'il ne puisse pas répondre à ma question.

— Est-ce que je peux te faire oublier que je ne t'ai pas donné de réponse, en te proposant mon fabuleux tiramisu ? demanda-t-il en pointant du doigt le dessert qu'il venait de sortir sur le comptoir de la cuisine.

Je me dressai sur la pointe des pieds, et glissai à son oreille :

— En vérité, j'avais pensé à une tout autre sorte de dessert.

Je reculai pour constater que ses yeux verts s'étaient allumés d'une lueur spéciale : celle du désir.

— On laisse tomber le tiramisu ! Je préfère nettement ta proposition.

Dans la seconde qui suivit, je décollai du sol. Matteo m'avait attrapée, et soulevée. Pour ne pas glisser, je nouai mes jambes autour de sa taille.

— Qu'est-ce que tu fais ? m'amusai-je.

— Tu m'as proposé un dessert, je prends les choses en main ! s'écria-t-il avant de plaquer sa bouche sur la mienne.

Il se mit en mouvement en direction de sa chambre. Quand nous y parvînmes, il me déposa délicatement sur le lit.

Mon cœur accéléra. Même si nous nous étions vus à plusieurs reprises, et avions échangé un nombre incalculable de baisers, nous n'étions pas passés à l'étape suivante. J'avais trouvé ça plutôt mignon et inattendu de la part de Matteo de vouloir patienter un peu, moi qui le pensais il y a encore quelques semaines seulement intéressé par l'idée de me mettre dans son lit. Alors certes, il y avait eu quelques caresses un peu poussées, mais j'étais toujours en attente du vrai deal.

La vérité : j'en avais marre d'attendre. C'était pour cela que j'étais arrivée ici avec la ferme intention de provoquer ma chance. J'avais compris qu'il ne ferait rien, si ça ne venait pas de moi. Mais tout à coup, il avait l'air super pressé de passer aux choses sérieuses. Et ça m'angoissait un peu. Je savais que ma liste de partenaires devait être beaucoup plus modeste que la sienne. De plus, je sortais d'une grande solitude sexuelle, dira-t-on. J'espérais que c'était comme le vélo, que le cerveau n'oubliait pas, sinon j'étais fichue.

Mais en quelques secondes Mateo me fit perdre toutes mes inhibitions. Il lui suffit pour ça d'enlever son T-shirt, ses abdos avaient une sorte de pouvoir hypnotisant sur mes neurones, j'allais vraiment devoir en parler à un spécialiste. Il y avait probablement une étude à faire là-dessus.

J'accrochai de mes doigts la boucle de sa ceinture, la fis sauter ainsi que le bouton de son pantalon. En moins de temps qu'il n'en fallait pour le dire, Matteo fut face à moi, seulement vêtu de son boxer tendu par le désir.

— Je te trouve bien trop habillée par rapport à moi, commenta-t-il.

— Je suis assez d'accord avec cette observation.

Mon T-shirt et mon short rejoignirent rapidement le tas de vêtements au sol. Et alors que Matteo m'offrait un baiser langoureux, mon soutien-gorge fut lui aussi victime de ses assauts.

Avec douceur, il m'allongea sur le lit, et prit place à mes côtés. Ses mains parcoururent ma peau avec délicatesse et empressement à la fois. Mon cœur battait à tout rompre, j'étais proche de la crise cardiaque, et pourtant je ne m'étais jamais sentie aussi vivante.

Sa langue, après avoir taquiné la mienne sans répit, partit à l'assaut du reste de mon corps. Combinée aux bons traitements de ses lèvres, la torture était délicieuse.

— Matteo, gémis-je alors qu'il s'occupait d'un point particulièrement sensible.

— Tu détestes toujours autant être léchée ?

Sa question me provoqua un fou rire que je fus incapable de maîtriser. Et comme j'avais le rire le plus laid du monde, j'étais furieuse que cela m'arrive dans un moment pareil.

— Eh ! protesta Matteo alors qu'il avait dû voir mon changement d'humeur. Reste avec moi.

— Désolée, c'est que...

Il me fit taire en m'embrassant.

— J'adore ton rire, alors ne sois pas gênée pour ça.

— Tu ne peux pas adorer mon rire, il est affreux !

— Il est spécial, mais oui, je l'aime, et tu sais pourquoi ?

Je secouai la tête.

— Car c'est le tien, et c'est une des petites particularités qui font que c'est toi. Et j'aime chacune d'entre elles.

J'allais répondre que c'était tout de même impossible d'aimer mon rire, mais il commença à énumérer :

— J'aime beaucoup tes yeux, dit-il en déposant un baiser sur mes paupières. Ce petit grain de beauté que tu as juste là, sur l'épaule. La courbe de ta nuque.

Au fur et à mesure de son énumération, il embrassait les zones désignées.

— Et aussi ces deux-là.

Sa bouche suça délicatement un de mes mamelons, puis l'autre. Ma respiration accéléra, je n'avais plus envie de rire.

Ses yeux verts me fixaient avec sincérité, et mon cœur déjà affolé fit un triple salto.

— Je t'aime, murmurai-je.

Ce n'était pas un choc, c'était le plus grand choc de ma vie. J'étais amoureuse de cet homme sincère, drôle, prévenant. Et le pire, c'était probablement que quelques semaines seulement auparavant, j'étais persuadée qu'il représentait tout ce que je détestais. Je n'avais pas prévu de dire ça, encore moins à haute voix, mais rien qu'à en voir le sourire de Matteo, cela valait probablement le coup.

— Je t'aime aussi, Docteur Jo.

Après un nouveau baiser échangé, il tendit la main sur le côté pour attraper un préservatif dans le tiroir de sa table de nuit. Il s'en couvrit, et c'est les yeux braqués dans les miens que doucement, il me pénétra.

Les minutes qui suivirent furent intenses, les sensations décuplées par les déclarations que nous venions d'échanger. Rien ne me sembla plus évident que ce que nous partageâmes cette nuit-là dans son lit.

Je m'endormis dans ses bras, emplie de cette nouvelle certitude : j'étais amoureuse de Matteo et j'étais persuadée qu'il ne me décevrait pas.

36

MATTEO

J'étais dans mon lit, le jour commençait tout juste à poindre en cette matinée d'été. J'étais le genre de gars à sauter directement du lit, dès le premier bip du réveil, mais là, il n'avait même pas encore eu le temps de sonner.

Joséphine était tout contre moi, et j'observais sa poitrine se gonfler doucement au rythme de sa respiration. Du bout des doigts, je caressai son épaule, le contraste de ma peau pâle sur la sienne couleur caramel était hypnotisant.

Elle battit des paupières, tel un papillon sur le point de s'envoler, puis ses grands yeux noirs apparurent enfin, tout comme le plus charmant des sourires.

— Salut toi.

— Salut, répondit-elle d'une voix encore ensommeillée. Quelle heure est-il ?

— Beaucoup trop tôt pour la plupart des gens, mais pas pour les braves.

Elle fit une grimace, ferma les yeux et se serra un peu plus contre moi.

— Je dois être à la caserne pour sept heures. Je sais que tu commences un peu plus tard, tu peux traîner au lit, et tu claques la porte en partant.

Elle ouvrit les yeux, l'air étonné.

— Tu laisses souvent des femmes seules dans ton appartement, alors que tu pars travailler ?

— Jamais, mais tu n'es pas n'importe quelle femme.

— Tu es vraiment un beau parleur.

— Peut-être, mais j'espère que tu sais que je le pense vraiment.

Je déposai un baiser sur sa tempe, et ajoutai :

— Je vais prendre ma douche, si par hasard l'envie de me rejoindre là-bas te saisit, je pourrais...

Je murmurai à son oreille une série de bons soins que je pourrais lui prodiguer.

— C'est ce que je disais, tu sais vraiment parler aux femmes. Je déteste sortir du lit, mais là, tu m'as convaincue.

La seconde suivante, nous étions déjà en route pour la salle de bains et Jo n'essayait même pas de cacher son empressement.

— L'histoire du petit-déjeuner, tu connais ? demandai-je alors que nous étions devant la porte de mon immeuble, prêts à partir chacun dans notre direction.

— Non.

— Pas de bol.

Je venais de m'excuser de ne pas lui avoir préparé un petit-déjeuner en bonne et due forme, mais nous avions trop traîné sous la douche. Dans mon idéal, sa première nuit chez moi aurait été l'occasion de la gâter comme une reine. Mais elle n'eut droit qu'à une partie du traitement spécial Matteo, ce qui me contrariait.

— J'ai adoré cette version du petit déjeuner, avoua-t-elle après m'avoir embrassé. Il comportait l'essentiel.

— Le câlin sous la douche ?

— J'allais parler du café, mais ça aussi. Pour le reste je pourrai toujours prendre un truc sur le chemin pour l'hôpital. En plus, je dois repasser chez moi me changer, et affronter l'inquisition maternelle.

— Oh mince, je n'avais pas pensé à ça.

Elle grimaça.

— J'ai dû leur envoyer un message hier soir pour les prévenir que je découchais de mon propre appartement... Cette situation commence à me rendre folle.

— Courage. En parlant de famille, j'ai oublié de te demander, tu m'accompagnerais à l'anniversaire de ma mère le week-end prochain ? C'est pour ses 60 ans, on a organisé une petite fête. Tu n'es pas obligée de me donner une réponse tout de suite, mais ça me ferait plaisir d'y aller avec toi.

Elle eut un moment de surprise, avant de répondre :

— Oui, avec plaisir.

— Génial.

Je déposai un baiser sur ses lèvres.

— Je file, je vais être en retard, sinon.

Heureusement, j'avais eu la présence d'esprit de déposer Maurice chez Giovanni et Clémence la veille (peut-être dans l'idée qu'il ne vienne pas jouer les trouble-fêtes) sinon j'aurais été carrément à la bourre.

Mais au moment où je m'apprêtais à entrer dans la cour de la caserne, une voix m'interpella :

— Bonjour, vous êtes Matteo Rossi ?

Je me tournai vers elle, c'était une femme qui devait avoir la petite trentaine, mais je n'avais pas le souvenir de l'avoir déjà croisée.

— Oui, c'est moi.

J'essayai d'être poli, mais j'espérais qu'elle n'en avait pas pour trop longtemps, car sinon j'allais officiellement être en retard.

— Je m'appelle Laurie Garnier, je ne sais pas si vous vous souvenez de moi, mais...

Mon sang se glaça brutalement à l'énoncé de son nom, des flashs de notre première rencontre apparurent. Elle était si différente par rapport à mes souvenirs. Je pris une seconde pour l'observer. Elle n'était pas très grande, ses longs cheveux blonds étaient ramenés en chignon négligé sur sa tête. C'était une jolie fille, mais elle manquait d'éclat. Mais peu importait son apparence, elle était la dernière personne que j'avais envie de voir, ce matin-là. Ou même n'importe quel autre.

30

MATTEO

Je n'ai pas le temps de vous parler, lâchai-je sèchement avant de commencer à reprendre mon chemin vers la caserne.

— Je n'en aurai pas pour longtemps.

Je stoppai net.

— Écoutez...

— Laurie.

— Laurie, je ne crois pas que ce soit une très bonne idée qu'on se parle. Je ne sais même pas si on a le droit.

J'étais prêt à lui tourner le dos une nouvelle fois, mais des larmes commencèrent à perler au fond de ses yeux. J'en avais vu, des filles pleurer, et je savais faire la différence entre celles qui font ça pour le cinéma, et celles qui ne jouent pas. La tristesse de cette femme était réelle.

— Je ne vous demande pas grand-chose. Je veux juste connaître la vérité. Je veux savoir si mon mari aurait eu une chance de s'en sortir ?

Je repensai aux paroles du policier qui avait pris ma déposition.

— Madame, je ne suis pas habilité pour répondre à cette question. Je ne suis que pompier, et...

Maintenant, elle pleurait à chaudes larmes. Je n'osai imaginer la peine qu'elle devait ressentir pour être désespérée au point de venir me chercher un matin avant ma garde. Était-elle consciente au fond d'elle que même si elle finissait par prouver une négligence, cela ne lui rendrait pas pour autant son mari ?

Elle devait vraiment être très amoureuse de lui. Je ne pouvais pas m'empêcher d'avoir de la peine pour elle. Ma relation avec Jo était toute naissante, mais je savais déjà que s'il lui arrivait quelque chose, je serais dévasté. Mais que pouvais-je dire à cette femme ? Que tout allait bien se passer ? Certainement pas.

Je pris une profonde inspiration, et dis :

— Les blessures de votre mari étaient profondes, et sur place il est très difficile d'établir un diagnostic complet. Je ne sais pas si nous aurions pu faire les choses différemment, mais sachez que l'ensemble des équipes de secours a fait son maximum pour lui.

— Alors pourquoi vous avez contesté la décision du médecin de l'emmener à l'hôpital le plus proche ?

Mon Dieu, comment pouvait-elle se rappeler de tout ça ? Et surtout, j'avais envie de gifler mon moi du passé qui n'avait pas su tenir sa langue.

— Ça me semblait logique, sur le moment. Mais encore une fois, je ne suis pas médecin. Et le docteur sur place avait certainement de bonnes raisons de vouloir transférer votre mari ailleurs. Je n'aurais pas dû...

— Il ne se passe pas un jour sans que je me demande si les choses auraient pu être différentes pour Romain, sanglota-t-elle.

Je posai une main sur son épaule en guise de réconfort, mais je me sentais totalement désemparée face à cette situation.

— Rossi ! Vous pouvez ramener vos fesses ici ! C'est pas l'heure de bavarder sur le trottoir !

— Je suis désolé, je dois y aller.

Elle hocha la tête, et je tournai les talons.

Alors que je rejoignais le capitaine qui était l'auteur de mon rappel à l'ordre, le malaise ne me quitta pas.

— Qui est cette femme ? demanda-t-il alors que je m'approchais de lui.

— Je pense que vous ne préférez pas savoir.

— Si c'est ce que je crois, vous avez intérêt à vous tenir éloigné d'elle.

— C'est ce que je compte faire, capitaine.

Il hocha la tête, et je rejoignis le vestiaire. Alors que je mettais mon sac dans mon casier, un de mes collègues, Ali, demanda :

— Qu'est-ce que tu faisais avec la femme de Garnier sur le parking ?

— Tu la connais ? m'étonnai-je.

— Ouais, son mari était volontaire dans la caserne où j'étais avant. Il est mort, accident de voiture. Je crois qu'elle était avec lui, ça a dû être terrible, dit-il en refermant son propre casier.

Je restai étourdi par cette nouvelle information.

— Ça va, mec ? On dirait que tu as beugué.

— Ouais, ouais. C'est juste que je repensais à l'accident, je suis intervenu dessus. Je ne savais pas qu'il était pompier.

— Ah, OK. Une chance en tout cas que ça n'ait pas été des gars de chez nous qui aient été appelés. Tu imagines aller désincarcérer un de tes potes ? Certes, ce mec était un vrai connard, mais je ne souhaite ça à personne.

Ali quitta le vestiaire. Je restai un long moment à fixer les casiers. Pourquoi personne ne m'avait dit qu'il était pompier ? Ce n'est pas comme si cela avait changé quelque chose à sa prise en charge, ou même aux problèmes auxquels nous étions confrontés, mais tout de même...

Un peu plus tard dans la journée, le capitaine sonna le rassemblement.

— Tu sais de quoi il s'agit ? demandai-je à Roméo.

— Non, mais j'ai reçu une alerte, il y a apparemment un feu vers Carros, tu crois qu'on va nous envoyer dessus ?

— Je pense qu'on va être rapidement fixés.

Le capitaine entra dans la pièce, son pas pressé indiquait qu'il n'était pas là pour blaguer.

— Messieurs, un feu important s'est déclaré dans la vallée du Var. Il progresse rapidement, et si pour l'instant ce ne sont que quelques hectares de forêt qui sont partis en fumée, les collègues sur place craignent pour les habitations. Je n'ai pas besoin de vous rappeler qu'il y a déjà eu des précédents, alors on ne va pas traîner pour envoyer des renforts. Plusieurs de nos véhicules et de nos hommes sont réquisitionnés. Je vais appeler ceux qui partent sur cette intervention.

Il égrena plusieurs noms, et le mien en faisait partie.

Une fois ceci fait, les autres purent reprendre leurs activités pendant qu'il nous faisait un rapide briefing. Celui-ci terminé, il nous invita à aller nous préparer, il ne fallait pas perdre de temps inutilement.

— On va au feu ! s'enthousiasma Roméo dont le nom avait été cité lui aussi.

— Enfile ta tenue au lieu de faire le fanfaron, j'ai pas envie de voir rôtir ton cul, car tu n'es pas capable de te préparer correctement.

Quelques minutes plus tard, nous étions dans le camion, toutes sirènes hurlantes en direction de l'incendie.

Accéder au lieu n'était pas facile. Déjà, la route avait été coupée, et des bouchons monstres s'étaient formés sur l'axe principal qui remontait le long du Var. Ensuite, nous étions censés rejoindre un secteur qui était difficile d'accès. Nous empruntâmes un des chemins forestiers qui étaient justement entretenus pour les cas d'incendie, mais celui-ci était tout juste carrossable. Arrivés sur zone, il nous fallait attendre les instructions d'un supérieur pour savoir comment allait se dérouler la manœuvre. Même si nous étions encore loin du lieu de l'incendie, les flammes étaient à portée de vue, leur crépitement audible. Des vagues de chaleur parvenaient jusqu'à nous, l'odeur âcre de la fumée également. Ce n'était pas un simple feu de broussailles, c'était le genre d'incendie que l'on redoute dans la région.

Un Canadair passa au-dessus de nous avant de larguer son chargement un peu plus loin sur une zone probablement inaccessible par nos engins.

Je compris que le combat allait être rude et long, mais c'en était un pour lequel nous étions préparés.

38

JOSÉPHINE

Tu as entendu, il paraît qu'il y a un gros feu vers Carros, m'apprit Soumya.

— Non, j'ai pas arrêté cet aprèm. Je ne sais pas si c'est la chaleur qui rend les gens débiles, mais j'ai eu un lot d'accidents tous plus bêtes les uns que les autres. Est-ce que c'est grave, le feu ?

— Apparemment c'est surtout de la forêt qui brûle. Mais ça mobilise pas mal de pompiers, ils ont appelé plusieurs casernes de la région en renfort.

— Ah oui ? Comment tu sais tout ça ?

— On a un pompier blessé qui vient d'arriver.

Mon sang ne fit qu'un tour. Si j'avais déjà entendu cette phrase auparavant, cette-fois-ci je pensai immédiatement à Matteo.

— Quel box ? aboyai-je.

— Le 3.

Je fonçai dans la direction indiquée, mais Soumya sur mes talons, cria :

— Jo ! Jo ! Attends, ce n'est pas...

Trop tard, j'étais déjà dans le box, et je constatai avec soulagement que ce n'était pas un grand roux allongé sur le lit. Cependant il ne m'était pas totalement inconnu.

— Bonjour, Roméo, c'est ça ?

Il me décrocha un sourire charmeur, qui me rappela celui de quelqu'un d'autre, à la différence qu'il n'avait aucun effet sur moi.

— Docteur Jo, quelle bonne surprise !

Si ce guignol était capable de faire des simagrées, c'est qu'il ne devait pas être trop mal en point.

— Qu'est-ce qui vous arrive ?

— On pourrait peut-être se tutoyer, non ?

— On pourrait peut-être parler de votre blessure, non ?

Je savais que Matteo était plus ou moins pote avec ce gars, mais là, je n'avais pas envie de rire. S'il était ici, cela voulait probablement dire que Matteo était avec lui sur le feu.

— Il va bien, me répondit-il.

— Pardon ?

— Matteo, il est en train de combattre le feu, il n'y a que moi qui me suis brûlé, comme un abruti. Par manque d'attention.

Il me désigna son bras, et je constatai qu'effectivement, il avait une vilaine plaie.

— On va nettoyer tout ça, annonçai-je aussi bien pour lui que pour le reste de l'équipe médicale.

Quand je m'approchai, il dit à voix basse :

— Ne vous inquiétez pas, il ne prend jamais de risques inutiles.

Je relevai les yeux vers cet homme que je connaissais à peine, et dont Matteo m'avait fait un portrait pas toujours très flatteur. C'était une tête brûlée, un de ces gars avec un complexe du héros que j'associais trop souvent à cette profession.

— J'espère que vous dites vrai.

— Il a beau avoir ce petit côté désinvolte dans la vie de tous les jours, quand il est en intervention, il est sérieux comme une crise cardiaque.

Je hochai la tête, incapable de répondre quelque chose de spirituel. La vérité, c'est que je m'inquiétais. Je savais que Matteo avait un métier qui pouvait être dangereux par moments. Mais c'était une toute autre chose de penser qu'il était en train de risquer sa vie à l'instant T.

Je savais aussi que j'allais devoir apprendre à vivre avec. Des interventions risquées, il y en aurait d'autres, et si je voulais faire partie de sa vie, je devais accepter ça.

Je donnai des instructions à Soumya et sortis de la chambre. Je sortis mon téléphone de la poche de ma blouse, et constatai que j'avais un message de Matteo.

Il datait de 10 minutes plus tôt.

Je suis sur un gros feu près de Carros. Beaucoup de moyens mobilisés, mais je doute qu'on arrive à le maîtriser avant la nuit. Je t'aime.

Je le relus plusieurs fois. Les détails sur le feu m'importaient peu, ce fut la dernière phrase qui attirait toute mon attention. Si nous avions échangé ces mots de vive voix, les voir écrits étaient différent. Là, il me l'écrivait dans un message qui aurait pu être anodin. Un message comme nous en échangions des centaines chaque semaine.

Comme une idiote, je me mis à sourire au beau milieu du couloir des urgences. J'étais certes toujours inquiète, toujours fatiguée par ma longue journée, mais Matteo Rossi venait de m'écrire qu'il m'aimait. Mon cœur était plein, à cet instant.

Je saisis donc à mon tour une réponse sur mon téléphone :

Fais attention à toi. Je t'aime aussi.

Des heures plus tard, je fus réveillée par la sonnerie du téléphone. Le nom de Matteo s'afficha.

— Salut, répondis-je soudainement alerte.

J'avais attendu des nouvelles toute la nuit, et j'avais peu dormi, en partie à cause de ça. Les patients m'avaient de toute façon accaparée une grosse partie de la nuit.

— Salut, je ne te réveille pas ?

— Pas du tout, mentis-je, tu vas bien ? Tu es rentré ?

— Malheureusement non, on a combattu les flammes toute la nuit, et même si l'incendie est plus ou moins maîtrisé, on n'est pas arrivés au bout de nos peines.

— Tu n'as pas dormi ?

— Je me suis posé quelques heures sur la route près du camion. Mais crois-moi, c'était bien moins confortable que la nuit précédente.

— J'imagine.

Je lui aurais bien répondu que moi aussi je n'avais pas aussi bien dormi que dans ses bras, mais je n'allais pas lui faire l'affront de me plaindre, alors que moi, au moins, j'avais eu un matelas.

— Ils vont vous envoyer du monde pour vous relayer ?

— Je suppose. Mais je ne serai probablement pas rentré avant des heures.

— Si je peux faire quoi que ce soit...

Je me sentais un peu ridicule de dire ça, ce n'était pas comme s'il allait me répondre : eh bien justement, si tu pouvais venir sur le terrain pour m'aider à tenir la lance à incendie !

— En fait, il y a quelque chose que tu pourrais faire pour moi, mais ça m'embête un peu de te demander ça.

— Qu'est-ce que c'est ?

— Clémence a déposé Maurice chez moi hier soir, parce qu'elle devait partir tôt pour une conférence ce matin. J'étais censé rentrer de garde, mais comme je n'ai absolument aucune idée de quand je serai de retour, j'aurais besoin que quelqu'un passe à l'appartement pour au moins lui remplir sa gamelle et vérifier que tout va bien. Je sais que tu n'aimes pas les chiens...

— Ce n'est pas que je n'aime pas les chiens, le coupai-je.

— Oui, c'est que tu n'aimes pas être léchée, plaisanta-t-il.

Je jetai un coup d'œil autour de moi pour vérifier qu'il n'y avait pas d'oreilles qui traînaient, et rétorquer :

— On sait toi et moi que ce n'est pas ça non plus.

Il rit doucement, et j'expliquai :

— Je n'aime pas tous les chiens, mais Maurice, c'est différent.

— Parce qu'il a un maître exceptionnel ?

— Ne ramène pas tout à toi. C'est un chien exceptionnel.

— Je ne te le fais pas dire. Donc ça veut dire que c'est OK, je peux compter sur toi ?

— Oui, tu veux que je le sorte aussi ?

— Je ne voudrais pas abuser de ta gentillesse. Et tu dois être crevée après ta garde.

— J'aurais bien besoin d'une sieste. Mais de toute façon, avec mes parents à la maison, c'est toujours un peu compliqué.

— Fais-la chez moi.

— Je ne vais pas...

Il prit une voix suppliante pour dire :

— Pense à ton petit ami qui combat les flammes sans relâche. Savoir que tu dors dans son lit, nue de préférence, lui remonterait grandement le moral.

— Et moi je suis censée être rassurée par ça ?

— Tu préfères me savoir au feu ou en train de sauver d'innocentes jeunes femmes nues dans leur baignoire ? me taquina-t-il.

— C'est sûr que vu sous cet angle... C'est à l'école des pompiers qu'on vous apprend à avoir réponse à tout ?

— Passe à la caserne, je vais prévenir pour qu'on te donne la clé qui est dans mon casier. Et j'espère bien que quand je rentrerai chez moi, tu seras là.

Je laissai passer une seconde et répondis :

— Promis.

39

JOSÉPHINE

Quand je franchis la porte de l'appartement de Matteo, Maurice m'accueillit avec un enthousiasme qui faisait plaisir à voir.

— Salut bonhomme, je suis venue te rendre une petite visite en attendant ton maître.

Je ne savais pas s'il avait entendu mes explications, puisqu'il était trop occupé... à me lécher les orteils.

Note pour moi-même : peut-être éviter les sandales en sa présence.

— Tu as faim ? Je vais te préparer ton petit-déj.

J'ouvris les placards et sortis le nécessaire, comme Matteo me l'avait expliqué. Cela me semblait étrange d'être dans son appartement sans lui.

Surtout qu'une fois que j'eus servi Maurice et que celui-ci se désintéressa de moi, je me trouvai un peu désœuvrée. Nous n'en étions pas à ce stade de notre relation où nous avions nos habitudes chacun l'un chez l'autre. Encore moins pour lui, puisqu'à cause de mes parents qui squattaient chez moi, je ne l'avais pas encore invité dans mon appartement.

Il m'avait surprise en me proposant d'aller avec lui à l'anniversaire de sa mère. Mais plutôt d'une façon agréable. J'y voyais un signe de plus qu'il ne prenait pas notre relation à la légère.

Plus je passais de temps avec lui, plus les différences avec mes relations passées me sautaient aux yeux. Et notamment celle avec Romain.

Jamais je n'avais rencontré ses parents, ni même un quelconque membre de sa famille. Une poignée d'amis tout au plus. Et encore, je n'avais pas l'impression qu'ils étaient très proches.

Je me rendais compte aujourd'hui que j'en savais peut-être plus sur Matteo que sur un homme que je pensais épouser.

Je m'étais souvent demandé s'il avait prévu dès le départ, ou même depuis longtemps, de disparaître du jour au lendemain, s'il savait que notre relation avait une date d'expiration, et que c'était pour ça qu'il avait cloisonné certains aspects de sa vie.

Mais je n'avais plus envie de penser à ça, ni au trou béant qu'il avait laissé dans mon cœur en partant. Ce trou, je l'avais colmaté moi-même en partie, mais ce n'était qu'un bricolage provisoire. Depuis que Matteo était dans ma vie, j'avais l'impression qu'il reprenait chacune des brèches encore existantes pour les réparer une à une.

En Martinique, on dit que tous les pantalons ne contiennent pas un homme. Mais Matteo Rossi en était assurément un, et parmi les meilleurs, j'en étais de plus en plus convaincue.

— Tu as envie de sortir ? demandai-je à Maurice une fois qu'il eut fini sa gamelle.

Son comportement enthousiaste me confirma qu'il appréciait l'idée. Je pris la laisse là où Matteo avait l'habitude de la laisser, et l'accrochai au collier de Maurice. Quelques secondes plus tard, nous étions en route pour le parc le plus proche.

Il était encore tôt, et heureusement, car la chaleur promettait d'être écrasante. Je songeais à Matteo et ses collègues, avaient-ils réussi à maîtriser l'incendie ? J'espérais que Matteo serait bientôt de retour. J'avais hâte de le savoir sain et sauf, et plus égoïstement de le serrer dans mes bras.

Arrivée au parc, j'eu la surprise de constater que Maurice était connu en ces lieux.

— Oh ! Mais c'est notre Maurice ! s'exclama une de ses groupies.

Un véritable fan club pour ainsi dire. Et le petit chien ne se fit pas prier pour récolter caresses et friandises, avant même que j'aie eu le temps de réagir.

Une des membres du gang, une mamie en robe à fleurs et permanente gonflante, leva vers moi un œil suspicieux.

— Vous êtes sa nouvelle dog-sister ?

— C'est dog-sitter, la reprit son acolyte aux cheveux qui arboraient une étrange teinte bleutée. Comme baby-sitter, mais pour les chiens.

Elles me fixèrent avec le troisième membre de leur petit groupe — une autre grand-mère tellement frêle qu'elle aurait pu s'envoler avec un coup de vent — avec l'air d'un inspecteur de police qui vient de flairer un gros coup.

— Je suis...

J'avais encore un peu de mal à le dire à haute voix.

— Je suis la petite amie de Matteo, son maître.

— On sait qui est Matteo, répondit sèchement Mamie numéro 1.

— Quel garçon charmant, dit la numéro 2.

— Elle a dû s'en rendre compte, si elle accepte de promener son chien, commenta la numéro 1.

Elle m'avait l'air d'être la sarcastique de la bande.

— Euh... oui.

Cette fois-ci ce fut la troisième, celle qui semblait de prime abord la plus discrète, qui enchaîna :

— Nous étions des amis de Bernadette, sa voisine.

— Oh ! Je... je suis désolée pour la disparition de votre amie.

— Cette vieille peau avait largement dépassé la date de péremption, il était temps qu'elle casse sa pipe, répondit Mamie numéro 1.

— Ne faites pas attention aux commentaires désobligeants de Lucette, reprit numéro 2. Elle est désagréable quand elle est triste.

— Elle est tout le temps désagréable, pouffa la brindille.

— Alors comme ça vous êtes la copine de Matteo ? demanda celle aux cheveux de l'espace.

— Oui, c'est assez récent...

— Et inédit, commenta Lucette.

— J'ai pas le souvenir qu'on en ait déjà rencontré, dit la numéro 3.

— D'après Bernadette, il était assez malin pour ne pas les ramener chez lui, chuchota la numéro 2.

Du moins, elle essayait de chuchoter. Vu qu'elles étaient toutes les trois pourvues d'appareils auditifs, j'avais l'impression qu'elles ne se rendaient pas compte que j'étais capable de suivre toute leur conversation distinctement.

Elles me tinrent la jambe un bon petit moment. Et si je comptais sur Maurice pour me sortir de ce traquenard en manifestant son impatience de partir, je me fourrais le doigt dans l'œil. Il avait l'air tellement content de les voir que pour m'éclipser, je dus presque le tirer comme un enfant récalcitrant qui ne veut pas suivre ses parents.

Sur le chemin du retour, je me mis à lui parler :

— Ton maître m'étonne de jour en jour. Qui aurait cru qu'il était non seulement ami avec sa voisine de palier, mais aussi avec toutes ses copines du quartier ?

Tout ce que j'apprenais me faisait regretter toute la période où je le prenais pour un rigolo incapable d'avoir la tête sur les épaules.

Nous revînmes à l'appartement, et je tombais de fatigue. À la base, j'avais prévu de m'occuper de Maurice, puis de rentrer chez moi. Malgré l'invitation de Matteo, je ne me voyais pas m'incruster chez lui en son absence. Mais là, l'idée de me rendre jusqu'à mon appartement, même si ce n'était pas très loin, me paraissait compliquée. De plus, j'espérais toujours qu'il rentre bientôt, donc je décidai de m'accorder une petite sieste en espérant qu'il serait de retour à mon réveil.

Je m'installai dans son lit, son odeur emplissait la pièce. Je me félicitai de ma décision de rester en enfouissant mon nez dans son oreiller. Quand je me réveillai, presque deux heures plus tard, toujours pas de Matteo. Par contre un message sur mon téléphone m'attendait, m'annonçant qu'il avait presque fini, et qu'il ferait bientôt route vers la caserne. C'était bientôt l'heure du déjeuner, et j'imaginais qu'en rentrant il serait probablement épuisé, mais il aurait aussi peut-être faim ? Pour toutes les fois où il avait déjà cuisiné pour moi, je lui devais bien de lui préparer un petit quelque chose. J'ouvris son frigo et constatai avec plaisir qu'il ne ressemblait en aucun cas à l'idée qu'on se fait de celui d'un célibataire. Les étagères débordaient de légumes et de produits frais, et je trouvai en peu de temps des ingrédients pour réaliser un plat simple mais efficace.

Une fois ma tâche finie, et même si je mourais de faim, je me dis que Matteo n'allait pas tarder à rentrer, et que je préférais l'attendre pour manger. Il fallait juste que je tue le temps en patientant. Du coup, je m'installai sur le canapé dans l'idée de jouer avec mon téléphone. Je découvris sur la table basse un dossier cartonné sur lequel une date et un lieu étaient inscrits. Je compris qu'il s'agissait du fameux dossier concernant l'accident pour lequel il avait dû aller faire une déposition. J'étais tentée de jeter un coup d'œil à l'intérieur. Je lui avais déjà proposé mon aide, et il l'avait déclinée. Mais il ne m'avait pas formellement interdit de regarder le dossier, si mes souvenirs étaient exacts, c'était plus qu'au moment où je l'avais proposé, il avait d'autres plans.

J'ouvris le dossier, commençai à regarder les premiers clichés. Une voiture noire dont l'avant était tellement foncé qu'il m'était difficile d'en reconnaître le modèle. Mais les photos m'intéressaient peu, c'était le rapport médical que je cherchais. Je passai quelques feuilles jusqu'à trouver celle à la mise en page familière.

Mon regard dériva ensuite sur le nom du patient.

Un nom qui ne m'était pas inconnu.

Un nom qui avait été synonyme de beaucoup de choses pour moi.

Un nom de famille que j'avais pensé porter un jour.

Mais surtout le nom d'un homme que j'avais aimé :

Romain Garnier.

40

MATTEO

Où était Jo ?

C'était la question que je me posais depuis des heures. Si seulement Maurice savait parler, j'aurais peut-être un début de réponse.

Je savais qu'elle était passée chez moi. Dans son dernier message, elle me disait qu'elle m'attendait dans mon appartement. Même sans celui-ci, j'avais pu constater que la gamelle d'eau de Maurice était pleine, et qu'un déjeuner pour deux attendait sagement sur la table.

Mais où était celle avec qui je devais le partager ?

Au départ, je l'avais attendue, pensant qu'elle était sortie faire une course. J'en avais profité pour prendre une douche et passer des vêtements propres.

Puis, m'inquiétant, j'avais essayé de l'appeler plusieurs fois.

Pas de réponse.

J'avais commencé à paniquer en me demandant s'il lui était arrivé quelque chose.

Je n'étais pas fier de moi, mais j'avais appelé le standard du SDIS recevant les appels au 17, pour demander s'ils avaient reçu quelque chose concernant une jeune femme qui pourrait correspondre à Jo. J'avais quelques connaissances là-bas, mais malheureusement on me répondit que rien n'avait été signalé dans mon quartier ou ceux aux alentours.

J'avais fini par décider de me rendre chez elle, après que mes appels eurent continué de rester infructueux.

J'entrai dans l'immeuble en même temps qu'une voisine, et montai jusqu'à l'étage de Jo. Je sonnai, et voyant que personne ne répondait dans les quelques secondes suivantes, je tapai contre la porte. Celle-ci finit par s'ouvrir. Mais pas sur Jo.

Face à moi se trouvait son père, et il avait l'air un peu étonné de me voir là.

— Bonjour monsieur Toussaint, est-ce que Jo est là, s'il vous plaît ?

Il me toisa des pieds à la tête, bien qu'il ait déjà eu l'occasion de le faire, le soir où j'avais ramené sa fille. Mais si la première fois j'avais été amusé par la manœuvre, cette fois-ci, j'étais plutôt impatient d'avoir une réponse.

— Jo n'est pas là. Je croyais qu'elle était avec vous ?

J'allais lui répondre que ce n'était évidemment pas le cas. Puis je me ravisai. J'étais déjà inquiet, peut-être pour rien. Était-ce bien nécessaire que je l'affole pour rien ?

— Oh ! J'ai dû mal comprendre. Je pensais qu'on devait se retrouver ici. Peut-être qu'elle est allée directement chez moi, je vais l'appeler. Pardon pour le dérangement.

J'avais l'impression que mon mensonge était de piètre qualité, car le père de Jo me dévisagea comme si j'étais dérangé. Mais il ne dit rien.

Je dévalai les escaliers quatre à quatre, mais arrivé sur le trottoir, il fallait me rendre à l'évidence : je ne savais pas où chercher, maintenant.

J'essayai de passer en revue une nouvelle fois les endroits où elle pouvait se trouver.

Et si tout bêtement elle avait été appelée à l'hôpital en dernière minute ?

Mais oui, ça devait être ça, pour qu'elle soit partie sans même prendre le temps de me prévenir !

Je composai le numéro des urgences.

— Pourrais-je parler au docteur Toussaint ? demandai-je à la standardiste.

— Je suis désolée, mais je ne peux pas vous passer le docteur comme ça.

Je m'étais attendu à une réponse dans ce genre.

Mais j'avais reconnu la voix d'une des femmes de l'accueil, alors j'insistai :

— Évelyne, c'est Matteo Rossi. Je suis pompier, on se voit souvent, je suis le grand roux qui...

— Ah, Matteo ! Mais pourquoi vous n'avez pas dit plus tôt que c'était vous ? gloussa-t-elle.

Je ne répondis pas à sa question, mais reposai la mienne :

— Vous pouvez me passer le docteur ?

— Je ne sais pas si elle est là. Je ne l'ai pas vue, et je ne l'ai pas sur le planning...

Je sentais ma patience s'étioler.

— Est-ce que Soumya est là ?

— Oui, elle est juste devant moi. Vous voulez que je vous la passe ?

— Oui, merci Évelyne.

Je l'entendis parler à sa collègue, et quelques secondes plus tard, la voix de Soumya résonna dans le combiné.

— Salut, beau gosse, qu'est-ce que je peux faire pour toi ?

— Soumya, tu sais où est Jo ? On avait rendez-vous, et...

— Comme c'est mignon, elle t'a posé un lapin et tu t'inquiètes ? Désolé, mon grand, elle n'est pas là. Mais vu la nuit qu'elle a passée, ça ne m'étonnerait pas qu'elle soit rentrée chez elle, et qu'elle se soit endormie en oubliant de mettre un réveil.

Sauf qu'elle n'était pas chez elle.

— OK, merci Soumya, je vais voir ça.

Je raccrochai et la panique commença à poindre.

En désespoir de cause, je composai le numéro de Giovanni.

— Salut frangin, qu'est-ce qui...

— Jo a disparu ! le coupai-je.

— Disparu ?

— Oui, elle ne répond pas à mes appels, elle n'est pas chez elle, ni au travail.

— OK, et ça fait combien de temps ?

— Je sais pas, trois heures ?

Il y eut un blanc au bout du fil.

— Elle est peut-être allée faire du shopping et elle n'a plus de batterie ? suggéra-t-il.

— Non, tu ne comprends pas, on avait rendez-vous chez moi.

— Bon, eh bien, qu'est-ce que tu as fait comme connerie ?

— Quoi ? Mais rien du tout !

— Crois-en mon expérience, il y a de fortes chances que si elle ignore tes appels, c'est que tu as dû foirer un truc.

— Mais qu'est-ce que tu en sais, d'abord ?

— Eh bien, c'est ce que fait Clémence quand je fais une connerie.

— Génial. Je t'ai pas appelé pour savoir comment ta coloc réagit quand tu laisses traîner tes chaussettes partout ! Je veux ton opinion de flic, y'a pas un moyen de la retrouver ? Je ne sais pas, moi, tracer son téléphone !

Il éclata de rire.

— Tu t'es cru dans une série télé ? On trace pas le téléphone d'une nana qui a disparu depuis trois heures. Laisse-lui le temps de se calmer, demande-toi comment tu peux rattraper le coup quand elle réapparaîtra, et tout ira bien.

— Mais je n'ai rien fait !

— OK, j'ai saisi, elle t'en veut, mais tu ne sais pas pourquoi ?

Heureusement que mon frère n'était pas face à moi, je l'aurais étranglé.

Et c'était ça, l'élite de la police française ?

— Appelle sa meilleure amie, avec un peu de chance elle l'a déjà elle-même appelée, pour lui expliquer comment tu as merdé dans les grandes largeurs.

— Je n'ai pas...

Je décidai de ne pas perdre davantage de temps. Avec sa suggestion, il venait de me donner tout de même une piste. Je bougonnai que j'allais suivre son conseil, et raccrochai.

La seconde suivante, je composai le numéro du restaurant d'Alix.

— *La Taula Nissarda*[1] , bonjour, chantonna-t-elle.

— Alix, c'est Matteo, Matteo Rossi.

Elle me répondit d'un ton beaucoup moins aimable :

— Ah ! Matteo, je me demandais justement quand tu allais appeler !

---

1. Taula nissarda : table niçoise.

41

JOSÉPHINE

J'étais roulée en boule sur le canapé du petit studio d'Alix à fixer le même mur depuis des heures, des jours peut-être ? Aucune idée.

La porte d'entrée grinça. Je me doutais que ça devait être ma meilleure amie. Depuis qu'elle m'avait récupérée en larmes chez Matteo et qu'elle m'avait ramenée ici, elle ne cessait de faire des allers-retours entre son appartement et son restaurant au rez-de-chaussée. Je supposai donc qu'elle venait vérifier comment j'allais pour la centième fois consécutive. Mais rien n'avait changé, j'étais toujours dans un état second.

— Jo ?

Je notai que cette fois-là, elle essayait de me parler. Cependant, je ne répondis rien.

— Jo, insista-t-elle. Matteo est là.

Ces quelques mots furent comme un électro-choc. Je ne comprenais pas comment il pouvait être là. Comment Alix avait-elle pu accepter qu'il vienne ? Je lui avais pourtant tout dit. Certes, mes explications étaient un peu embrouillées, entre deux sanglots. Mais elle savait.

Elle savait ce qui s'était passé, et surtout qu'il m'avait caché la vérité.

Je me redressai sur le canapé, mon amie m'observait d'un air inquiet. Je distinguai une silhouette près de la porte, mais je ne pouvais pas le regarder. Moi qui il y a quelques heures encore pensais qu'il était un homme exceptionnel, celui que j'avais toujours attendu, j'étais tombée de haut. Je venais de comprendre qu'il me mentait, et depuis des jours, des semaines. Allez savoir, peut-être faisait-il partie de ces gens tordus et qu'il avait décidé de se rapprocher de moi juste pour me torturer ? Peut-être même qu'il connaissait Romain ? Après tout, ce n'était pas insensé, ils étaient tous les deux pompiers. Il aurait très bien pu...

— Jo, il ne savait pas.

J'observai Alix, ses paroles n'avaient aucun sens. Il ne savait pas ? Qu'est-ce qu'il ne savait pas ?

Du coin de l'œil, je vis Matteo s'avancer.

— Je ne savais pas que Romain était ton ex, affirma-t-il.

Pour la première fois, je le regardai. Il semblait fatigué, comme s'il avait pris 10 ans d'un coup. Mais je me rappelai que sa nuit avait été courte à lui aussi, son piteux état n'avait probablement rien à voir avec moi.

— Va-t'en, s'il te plaît.

J'eus l'impression que je l'avais giflé.

— Jo, s'il te plaît, écoute-le, insista Alix.

— Écouter quoi ? Qu'il m'a caché la vérité ? Il va probablement me dire que c'était pour mon bien ?

— Tu ne m'as jamais donné son nom !

Il était en colère, je ne comprenais pas pourquoi. C'était à moi d'être en colère, non ?

— Tu ne m'as jamais dit comment il s'appelait, tu l'as toujours désigné comme ton ex. Comment je pouvais savoir que c'était lui ?

Je fixai Matteo ; ce visage si souriant en temps normal était dur et froid. Ses yeux étaient rivés aux miens, comme s'ils essayaient de faire passer un message que sa bouche n'arrivait pas à prononcer. Il me suppliait de le croire.

— Je vais vous laisser, annonça Alix.

La seconde suivante, la porte de l'appartement se referma en émettant un léger clic.

— Je te supplie de me croire, Jo, jamais je ne t'aurais menti sur un truc pareil.

— Même si tu y avais été obligé ?

— Comment ça ?

— Si tu avais appris la vérité, et que tes supérieurs t'avaient interdit de me la révéler. Qu'est-ce que tu aurais choisi ?

— Comment veux-tu que je réponde à cette question ?

— Réponds-moi, ce n'est pas compliqué.

— Je n'en sais rien ! Et pourquoi tu me demandes de faire un choix ?

Il s'avança et vint s'accroupir devant moi. Il prit ma main. Je fus tentée de la retirer de la sienne, mais je n'en avais pas la force.

— Jo, s'il te plaît, regarde-moi.

Quand enfin j'obtempérai, il ajouta :

— Je ne savais pas que c'était lui. Je suis désolé. Je... Alix vient de m'expliquer, j'ai encore du mal à y croire.

Je fixai ses grands yeux verts, et je sus à cet instant qu'il était sincère.

Je fondis en larmes.

— Il était marié, hoquetai-je.

— Je sais, ma puce, je sais.

Matteo avait passé sa main dans mon dos et attira mon visage sur son épaule. Je pleurai un moment contre lui. Puis, peu à peu ma tristesse se transforma en rage. Mais je n'étais pas en colère contre

Matteo, ni même contre Romain. J'étais en colère contre moi.

Contre moi pour tous les signes que je n'avais pas été en mesure de décrypter, comme le fait que je m'étais laissée berner par un beau parleur qui m'avait menti pendant plus d'un an.

J'étais Joséphine Toussaint, j'étais une brillante femme médecin, je sauvais des vies tous les jours, et je n'avais pas été capable de me rendre compte de la supercherie ! Je m'en voulais tellement !

Je me redressai, repoussant Matteo. Et je me mis à faire les cent pas dans le petit salon d'Alix. Matteo était assis par terre et me regardait faire, sans rien dire.

— Il faut que je parle à sa femme.

— Je ne crois pas que ce soit une bonne idée.

— Pourquoi ? Elle a le droit de savoir ! J'aurais aimé savoir, moi.

— Mais imagine si elle n'est pas au courant, tu veux vraiment ajouter de la peine supplémentaire à cette pauvre femme ? Elle a déjà du mal à faire son deuil. Deux ans après, elle n'a toujours pas tourné la page.

Je stoppai net et jetai un coup d'œil au pompier.

— Tu l'as rencontrée.

— Oui, elle était dans la voiture.

— Non, je veux dire, tu l'as rencontrée récemment.

Il baissa les yeux au sol.

— Elle est venue me trouver à la caserne, hier.

— À quoi ressemble-t-elle ?

— Jo, je ne crois pas que ce soit un petit jeu très sain.

— Ce n'est pas un jeu ! Je veux savoir ! À quoi ressemble-t-elle ?

Ma question était plus criée qu'autre chose, et à nouveau, je sentais que j'étais prête à pleurer.

— Elle ne te ressemble pas. Pas du tout, même.

— Je dois aller la voir.

— C'est hors de question !

Il se releva et se mit devant moi comme s'il essayait de me retenir de partir sur le champ.

— Ce n'est pas à toi de décider de ça.

— Jo, tu agis sous le coup de la colère. Tu viens juste d'apprendre que ton ex t'a non seulement trompée pendant des années, mais qu'il est mort. Tu es quelqu'un de rationnel, tu as vu assez de personnes en état de choc pour savoir qu'on ne prend pas de bonnes décisions dans ce cas.

Je me laissai tomber dans le canapé, et mis mes mains sur mon visage. Quand je les retirai, Matteo m'observait, silencieux.

— Je pense que tu ferais mieux de partir.

Malgré mon esprit embrumé, je vis que je venais de le blesser.

— Je ne veux que t'aider...

— Tu m'aideras en partant. Tu l'as dit toi-même, je n'ai pas les idées claires. J'ai besoin de réfléchir.

Il resta là à me regarder, je crus un instant qu'il allait protester à nouveau. Puis il se pencha, déposa un baiser dans mes cheveux, avant de se redresser.

— Si tu as besoin de moi, appelle-moi.

Je hochai la tête sans grande conviction. Un instant plus tard, la porte se refermait, me laissant seule avec mon désespoir et mes questions.

42

MATTEO

— Je peux vous parler, docteur ?

Nous étions deux jours après que Jo ait découvert la vérité sur son ex, et je n'avais eu que très peu de nouvelles d'elle. Un simple texto en réponse à ceux que je lui avais envoyés, me disant qu'elle avait besoin de temps.

Elle ne disait pas quand je pourrais la revoir, encore moins si elle pensait me revoir un jour.

De mon côté, j'avais mis un petit moment à encaisser le coup. Je comprenais que pour elle, c'était encore plus compliqué. Mais je n'aimais pas qu'elle me tienne à distance, à vrai dire j'étais même déçu. Je voulais être là pour elle, mais elle ne m'en laissait pas l'occasion.

J'étais donc à l'hôpital, sur le pas de la porte du bureau du chef de Jo, le Professeur Meyer.

Je le connaissais peu, je le croisais dans les couloirs, tout au plus. Jo m'avait parlé un peu de lui en me disant que c'était une sorte de mentor pour elle, et qu'elle l'avait suivi quand il avait quitté l'hôpital d'Antibes pour celui de Nice.

Je toquai, et l'homme quitta du regard le document qu'il était en train de consulter.

— Professeur, je peux vous parler un instant ?

— Je vous connais, non ?

Ce n'était pas une question. Il fronçait les sourcils en essayant de fouiller sa mémoire.

— Matteo Rossi, vous avez l'habitude de me voir en uniforme de pompier.

— Ah oui. Vous êtes le nouveau copain de Joséphine, c'est ça.

J'étais surpris qu'il le sache, et ne me privai pas de le lui dire :

— Je ne savais pas que Jo vous avait parlé de moi.

— Ce n'est pas elle qui l'a fait, mais c'est mon boulot de savoir ce genre de choses. Surtout si ça peut affecter le bon fonctionnement de mon service.

— Vous pensez que je suis une menace ? lançai-je irrité par sa réflexion.

— Je crois que si vous êtes ici, c'est que vous savez que d'autres avant vous l'ont été.

J'observai le petit homme chauve, et un déclic se fit dans mon esprit.

— Vous étiez au courant...

Il ne tenta même pas de faire mine de ne pas savoir de quoi je parlais.

— Je plaide coupable.

— Vous étiez au courant, et vous n'avez rien dit à Jo.

— Vous pensez que c'est de gaieté de cœur que je l'ai fait ? Je l'ai fait parce que c'était la meilleure chose pour elle. Comment pensez-vous qu'elle aurait réagi en apprenant que son petit ami était en fait marié à une autre, et qu'il venait d'avoir un accident mortel ?

— Elle avait le droit de savoir.

— Cela l'aurait anéantie.

— Peut-être, mais de quel droit vous lui avez retiré le droit de connaître la vérité ?

Il soupira, son regard se posa en direction de la fenêtre.

— J'ai fait ce qui me semblait le mieux. Je savais qu'elle compenserait en se tuant à la tâche. C'est ce qui s'est passé. J'allais quitter l'hôpital d'Antibes pour ici, je lui ai proposé de venir avec moi. Je savais que c'était ce qu'elle voulait, travailler dans la ville où elle avait grandi. Jo est un excellent médecin, je ne pouvais pas gâcher ça.

— Je vois, vous avez fait le meilleur choix pour vous, dis-je d'un ton sec.

— Vous vous trompez, j'apprécie beaucoup Jo, et pas seulement pour ses qualités de praticienne. J'ai essayé de la mettre plusieurs fois en garde. Je ne voulais pas me mêler de sa vie privée, mais je savais que ce type n'était pas net. Il y avait des rumeurs qui circulaient. Et le jour où le médecin du SMUR m'a appelé et qu'il m'a donné le nom du patient, je lui ai ordonné de l'envoyer ailleurs que chez nous.

— Au risque de compromettre ses chances de survie ?

Il me foudroya du regard.

— Jamais je n'aurais fait ça. Mais il était déjà condamné, et Jo était de garde, ce jour-là. J'ai voulu lui éviter de voir ça.

— Et donc, vous avez décidé de lui mentir.

— Il est plus facile de guérir d'un chagrin d'amour, que du fait de voir la personne qu'on aime mourir sous ses yeux. Il suffit de voir ce qu'il se passe actuellement avec sa veuve.

Je n'étais pas étonné qu'il soit au courant pour ça aussi.

— Et maintenant qu'elle est au courant, deux ans trop tard, vous pensez qu'elle va réagir comment ?

Comment croyez-vous qu'elle va le prendre quand elle apprendra que vous lui avez menti depuis le début ?

— Vous allez le lui dire ?

— Ce n'est pas à moi de le faire. Mais vous l'avez dit vous-même, Jo est une femme intelligente. Elle est au courant pour l'action en cours, elle a vu le dossier. Elle finira elle-même par additionner les faits.

Il secoua la tête.

— Quelle drôle d'ironie a le destin. Il fallait qu'elle tombe amoureuse de vous. Vous qui étiez justement là, ce jour-là. Quelles étaient les chances...

— La vérité finit toujours par éclater. Surtout quand il y a autant de personnes impliquées. Elle a changé de ville, mais pas de région. Vous ne pensez pas qu'à un moment ou à un autre, elle aurait pu tout découvrir ?

— J'espérais que non. Cette histoire me met dans une position délicate.

— Une position délicate ? Pensez à la mienne. J'aime Jo, lui faire baisser la garde n'est pas facile. Je commençais à y parvenir, et elle découvre que sa plus grande histoire d'amour passée était basée sur un mensonge. Et elle ? Je ne sais même pas par où commencer. Alors est-ce qu'elle va vous en vouloir ? Certainement. Mais vous l'aurez bien mérité.

Je m'apprêtai à quitter le bureau, mais il me retint.

— J'ai contacté la veuve de Romain Garnier.

Je le fixai en attendant la suite.

— Je lui ai tout expliqué. Elle n'était pas au courant pour Jo, non plus.

— Vous êtes allé ternir l'image que cette femme gardait de son mari ? Vous pensez que l'accabler davantage est la bonne solution ?

— Je l'ai fait pour Jo.

— En quoi cela va aider Jo ?

— Laurie Garnier retire sa plainte.

Je restai silencieux face à cette information. Je ne savais pas quoi en penser. D'un côté, j'étais soulagé. De l'autre, je repensai au visage aux traits tirés de Laurie Garnier l'autre matin à la caserne.

— Vous avez peut-être soulagé votre conscience, mais je doute que ça aide ces deux femmes.

— C'est là que vous vous trompez. Jo tient beaucoup à vous, et savoir que vous pouvez être impliqué dans cette affaire ne l'aidera pas à aller mieux. Elle a besoin que vous soyez à ses côtés, pas que vous passiez votre temps au tribunal.

Je répondis d'un simple signe de tête, et quittai la pièce.

J'aurais aimé être aussi certain que lui que Jo avait besoin de moi à ses côtés. Car aux dernières nouvelles, je n'avais pas l'impression que ce soit le cas.

43

MATTEO

Pourquoi on doit gonfler des ballons ? demanda Livio. J'avais l'impression que maman fêtait ses 60 ans, pas ses six ans.

— Lara veut faire une arche de ballons, elle m'a montré des photos, ça a l'air assez stylé.

— Mais pourquoi on est tous obligés de les gonfler à la bouche ? Ne me fais pas croire qu'elle n'a pas un gonfleur à son bureau, grommela Livio.

— Pourquoi j'aurais besoin d'un gonfleur, alors que j'ai quatre grands frères avec des capacités pulmonaires tout à fait remarquables, dit Lara qui venait de nous rejoindre.

— Ouais, ben justement, il est où, Vincenzo ?

— Probablement en train de sauver la veuve et l'orphelin, commenta Giovanni.

— C'est un peu votre excuse à tous à un moment donné ou un autre.

— Mais nous, on est là, ce matin, commenta Livio.

— Tu veux que je te donne une médaille ? s'indigna Lara les mains posées sur les hanches.

— Où est Adam ? demanda Giovanni.

— Il est allé chercher le gâteau.

— Et vérifier qu'il ne soit pas empoisonné ? plaisanta-t-il.

Mais sa réflexion ne fit pas rire notre petite sœur.

— C'est arrivé une fois ! Et ce n'était pas ma faute.

— Les mecs, laissez Lara tranquille, intervins-je.

Ils échangèrent des coups d'œil, puis Lara s'éloigna pour rejoindre Roxane et Clémence qui finalisaient le plan de table.

Mais quelques minutes plus tard, ma sœur me prit à part.

— Ça va ? Tu n'as pas l'air trop dans ton assiette ?

— Oui, oui. Je suis un peu fatigué, le boulot...

Elle posa à nouveau ses points sur ses hanches, et secoua la tête.

— Ne me raconte pas de bêtises. Je sais très bien que quelque chose ne va pas.

Je soupirai.

— C'est Jo, n'est-ce pas ?

— J'essaye d'être patient. Alix m'a demandé de lui laisser de l'espace, mais là, j'ai plutôt l'impression qu'elle m'échappe, et que je ne peux rien y faire.

— Ça doit être dur pour elle.

— Mais pourquoi elle ne me laisse pas l'aider ?

— Il ne t'est pas venu à l'esprit qu'elle avait probablement honte ?

— Honte ? Mais pourquoi ? Elle n'a rien fait de mal !

Lara posa une main sur mon bras.

— Écoute, je ne la connais pas bien, mais elle m'a l'air d'une femme forte, indépendante. Alors il y a d'abord le fait qu'elle se soit fait berner. Ce mec lui a menti pendant plus d'un an, et elle n'a rien vu. Ensuite, même si ce mec était un connard, il faut qu'elle fasse son deuil.

— C'est bien pour ça que je lui laisse de l'espace.

— Je ne suis pas certaine que ce soit une bonne idée.

— Tu penses que je devrais insister ? Essayer d'aller la voir ?

— Je n'en suis pas sûre non plus.

— Merci, tu m'aides beaucoup, Lara, là.

— Je comprends que ce soit compliqué, cette situation est totalement tordue, toute cette histoire est complètement tordue. Mais essaye d'être là pour elle, sans être étouffant. Trouver le juste milieu. Et dans quelque temps, ça ira mieux. Mais ne lui tourne pas le dos, si tu penses qu'elle en vaut la peine.

— Elle en vaut la peine.

— Alors fonce... mais pas trop vite.

— Tu sais que tes conseils sont un peu merdiques ?

— Je fais ce que je peux. Tu sais, je suis organisatrice de mariages, je m'occupe des réceptions, mais tout ce qui se passe avant, c'est pas mon boulot.

— Donc pas de reconversion en tant que conseillère matrimoniale en vue ?

— Je me dispute avec mon mec à cause de parfums de cupcakes. Tu penses vraiment que je suis bien placée pour donner des conseils ?

Adam et Lara passaient leur temps à se chamailler. Mais la plupart du temps c'était effectivement pour des choses totalement futiles.

— Et puis vous ne m'aidez pas, les garçons. Vous ne venez jamais me voir quand vous avez des peines de cœur. Comment voulez-vous que je m'entraîne, et que je progresse comme conseillère ?

— Je n'ai pas eu besoin de conseils jusqu'à présent.

— C'est bien pour ça que je me permets de t'en donner. Je n'ai jamais vu une femme perturber un tant soit peu ta bonne humeur. Et là, tu te traînes comme une âme en peine depuis des jours. Je suis déçue, je pensais que tu allais faire exprès de foirer une partie de mon organisation, en remplaçant mes ballons par d'autres en forme de bite, par exemple.

— Je ne ferai jamais ça à maman.

— À maman, non. Puisque j'aurai fait en sorte de rattraper le coup avant qu'elle n'arrive...

Elle avait raison, en temps normal j'aurais trouvé une ou deux bêtises à faire pour torturer ma petite sœur.

Nous étions assis tous deux, et face à nous Giovanni et Clémence fixaient les premiers ballons sur l'arche. Nous les observâmes quelques secondes, avant que Lara ne dise :

— Tu penses qu'il va lui falloir encore combien de temps pour se rendre compte qu'elle est totalement amoureuse de lui.

— Ils sont amis.

— L'un n'empêche pas l'autre.

— Il la voit un peu comme une seconde petite sœur.

— C'est ça qui est triste. Il ne se rend pas compte que la femme de sa vie est juste sous son nez.

— La femme de sa vie ? Rien que ça. Pourquoi tu ne lui en parles pas ?

— Règle numéro 1 de la conseillère conjugale : il faut laisser les choses se faire à leur rythme.

— Tu vois, tu as des règles pour ça aussi ! Tu aimes jouer les entremetteuses en fait, même si tu es bidon.

— Je ne suis pas bidon. Et je te prouverai que j'ai raison. Maintenant, on va aller s'occuper du champagne, viens avec moi.

44

JOSÉPHINE

Tu as une patiente avec des douleurs abdominales dans le box 1, m'annonça Soumya.

— OK.

Je pris le dossier de ses mains et constatai qu'il ne comportait pas grand-chose. Peu importait, depuis quelques jours, je me noyais dans travail, pour éviter de trop penser. Alors tant pis si les cas étaient intéressants ou non, tant que c'était du travail.

J'écartai le rideau pour entrer dans le box, et jeter un nouveau coup d'œil à ma feuille.

— Bonjour, madame Ro...

Rossi ?

Je levais les yeux vers la patiente, et constatai qu'il ne s'agissait ni plus ni moins que de Lara, la petite sœur de Matteo. Je ne l'avais vue qu'une seule fois, mais il n'y avait aucun doute qu'elle et lui partageaient des gènes en commun. À commencer par cette chevelure rousse flamboyante.

— Vous n'avez pas mal au ventre.

Ce n'était pas une question, elle avait l'air aussi souffrante que moi contente de l'avoir ici.

Elle se redressa sur le lit d'hôpital, et s'assit sur le bord.

— J'avais besoin de vous parler, mais on m'a dit qu'il fallait être une patiente pour avoir le droit d'entrer aux urgences, donc j'ai décidé qu'il fallait peut-être que je consulte pour ce petit mal au ventre qui revient à intervalles réguliers tous les mois depuis l'adolescence.

— Qu'est-ce que vous voulez ?

— Qu'on commence par se tutoyer, puis parler de Matteo.

— Je n'ai pas le temps pour ça pour l'instant.

— Oui, et c'est bien ça qui le rend malheureux.

— Matteo n'est pas malheureux.

— Si, il l'est, parce que toi tu es malheureuse.

— Je ne suis pas... commençai-je à me défendre.

Mais elle pencha la tête sur le côté l'air de dire : ne t'engage pas dans ce chemin-là.

— Écoute, je connais mieux mon frère que tous les autres membres de la famille réunis. Je sais que comme ça il donne l'impression que rien ne l'atteint. Que ça ne sert à rien de prendre les choses au sérieux. Il est tout le temps en train de blaguer, de sourire, mais tout ça, c'est une façade. Bon, je dis pas non plus qu'au fond il est dépressif, mais c'est un mécanisme de défense comme un autre. Au fond de lui, il est très sensible, et savoir qu'il a pu te faire du mal, ça le rend malade.

— Mais il ne m'a pas fait du mal !

— Moi, je le sais. Mais est-ce que tu le lui as dit ?

— Je ne comprends pas.

— Matteo est persuadé que c'est à cause de lui que tu as découvert le pot aux roses. Que s'il n'avait pas laissé traîner ce dossier, tout cela ne serait jamais arrivé.

— C'est ce qu'il t'a dit ?

— Bien sûr que non. Mais j'ai lu entre les lignes.

Je restai un moment sans voix à observer Lara.

— Je cherche pas du tout à minimiser ce que tu es en train de vivre, mais mon frère aussi est triste. Il a perdu Bernadette récemment, il y a toujours ce procès qui plane au-dessus de lui...

— La femme de Romain a abandonné les poursuites.

Cela me faisait toujours bizarre de dire la femme de Romain.

— Je sais, j'ai juste utilisé cet argument pour te faire culpabiliser davantage.

— Tu es étrange, comme fille.

Elle se redressa sur ses jambes.

— Je suis surtout capable de tout pour mes frères, même si ce sont les plus gros casse-pieds de la terre. Et comme ils passent leur temps à se mêler de ma vie, pour une fois que je peux leur rendre la pareille...

— Je vois.

— Jo, tu es triste, ou en colère, je ne sais pas. Matteo est triste et aussi en colère contre ceux qui t'ont fait du mal. Tu ne crois pas que ce serait beaucoup plus sympa que vous soyez tristes ensemble ? Qui sait, vous finirez peut-être par vous remonter le moral l'un l'autre ?

— Je ne sais pas trop comment m'y prendre, je suppose que je lui dois des excuses.

— Peut-être, mais si déjà tu vas le voir, tu seras, à mon avis, facilement pardonnée. Tu sais ce qu'on dit : la vie est courte, rien ne sert de perdre du temps avec des conneries.

— Ma grand-mère disait : Sous la terre, il n'y a pas de plaisir.

— Voilà ! Ça me plaît, ça ! J'ai le droit de le faire imprimer sur des cartes de vœux ?

Je secouai la tête en riant. Ils étaient vraiment frappés dans cette famille !

— Bon je te laisse, on est en pleine organisation de l'anniversaire de notre mère, je les ai tous laissés en plan en faisant croire que j'allais chercher de la déco supplémentaire, mais à un moment ils vont s'apercevoir que je ne suis plus là pour leur donner des ordres, et ils vont se relâcher dans leurs efforts.

L'anniversaire de sa mère, j'avais complètement oublié. Il m'y avait invitée.

J'ouvris la bouche pour poser une question, mais Lara me devança :

— Si tu veux savoir si tu peux te pointer là-bas à la dernière minute, la réponse est oui. J'ai une deuxième version du plan de table où tu étais prévue.

— Tu pensais que je me déciderais peut-être à venir de mon propre chef ?

— C'est mon boulot de prévoir l'imprévu.

Sur cette dernière déclaration, elle quitta le box. Je restai un peu hébétée par cette rencontre inattendue. Je pensais que j'étais loin de comprendre comment fonctionnait la famille Rossi, mais je venais de saisir une chose primordiale : ils tenaient les uns aux autres.

Il était peut-être temps que je montre à celui d'entre eux à qui moi je tenais, que c'était aussi le cas.

45

MATTEO

On se croirait à un mini mariage, commenta Clémence à côté de moi.

— Lara ne sait pas faire les choses à moitié.

— Je vois ça.

— Comment se passe ton nouveau boulot ? demandai-je histoire de faire la conversation.

Clémence était une fille plutôt discrète, ce n'était pas son genre de raconter sa vie, à moins qu'on ne lui tire les vers du nez.

— Super. Ma boss est très exigeante, mais dans l'ensemble ça va. Elle m'emmène en déplacement, c'est plutôt chouette.

Je tournai la tête vers elle pour lui poser une autre question, mais constatai qu'elle ne me prêtait aucune attention. Ses yeux étaient rivés sur Giovanni qui plaisantait un peu plus loin avec deux femmes.

Soudain, il déposa un bras sur les épaules de l'une d'entre elles et l'attira vers lui. Elle se mit à rire de plus belle. Je constatai que Clémence baissait le regard en direction du verre qu'elle tenait dans sa main, et elle lança :

— Je crois que je vais aller m'en chercher un autre, tu veux quelque chose ?

— Non, ça va.

Mais avant qu'elle ne s'échappe, je la retins par le poignet.

— Clémence, la femme avec Giovanni, c'est notre cousine Olivia.

Je vis la surprise apparaître sur son visage, elle lança un rapide coup d'œil en direction de mon frère, puis afficha pour moi un sourire de façade.

— Oui, votre cousine, je m'en doutais.

Elle se dégagea et partit vers le bar. Lara avait raison quand elle affirmait que Clémence en pinçait certainement pour Giovanni, mais je me demandai depuis combien de temps cela durait.

Je jetai un coup d'œil vers Maurice, qui se tenait à mes côtés, sagement assis sur son arrière-train. Je sortis mon téléphone pour le prendre en photo. Lara l'avait affublé d'un mini nœud papillon sur son collier, que j'avais trouvé ridicule dans un premier temps, mais je devais admettre que ça lui donnait une allure folle.

— Regarde-moi, mon pote, souris pour l'appareil.

Mon chien esquissa un mouvement vers moi, mais son attention fut rapidement happée par autre chose, vers l'entrée du jardin. Il partit comme une flèche dans cette direction si bien que je n'eus d'autre choix que de le suivre. Si les nouveaux arrivants refermaient mal le portail, je n'avais pas envie qu'il s'enfuie dans la rue.

Mais la nouvelle addition à notre petite fête n'était pas un énième couple ami de nos parents, mais une jeune femme que je n'avais pas imaginé voir ce soir : Jo.

Elle portait une robe vert émeraude qui épousait son buste avant de finir en corolle autour de ses genoux. Elle était perchée sur une paire de talons compensés de la même couleur, assortis également au ruban qui retenait ses cheveux en arrière. Ceux-ci n'avaient plus les petites tresses qu'elle portait les dernières fois que je l'avais vue. Ses mèches frisées auréolaient sa tête comme des symboles de l'énergie qu'elle dégageait. Elle était tout simplement belle.

— Tu es venue.

Je ne réussis pas à retenir mon étonnement de la voir ici. À vrai dire, j'avais été d'une humeur de chien toute la journée, car je savais que sans toute cette histoire, nous serions venus ensemble à cette réception. Et là, comme par magie, elle apparaissait devant moi. J'avais presque envie de me pincer pour vérifier que je ne rêvais pas.

— Salut.

Elle avait l'air gêné, elle scannait la pièce de ses grands yeux noirs, comme si elle était angoissée qu'on la juge. Comme une fille qui venait de comprendre que la soirée déguisée était annulée, et qu'elle était la seule à s'être pointée en costume.

— Salut.

Je pensais continuer ma phrase, mais c'était sans compter sur la star du jour.

— Oh ! Mais vous devez être Joséphine ! Venez, entrez, ne restez pas là !

Ma mère laissa à peine le temps à Jo de comprendre qui elle était que déjà elle l'enlaça pour l'embrasser.

— Joyeux anniversaire, madame Rossi.

— Oh ! Appelez-moi Nathalie, lui dit Maman avant de lui glisser : Madame Rossi, c'est ma belle-mère, et franchement je n'ai pas très envie qu'on me confonde avec cette vieille grincheuse.

— Maman, j'ai tout entendu, soulignai-je.

— Oh, je me doute. Tu peux aller lui répéter si tu veux, elle sait de toute façon que c'est une vieille grincheuse.

Jo qui ne devait pas s'attendre à cette réplique de la part de ma mère, éclata de rire et n'eut pas le temps de le retenir. Ce qui signifiait qu'une fois de plus j'eus le droit à ce spectacle si particulier.

— Vous êtes une jeune femme pleine de surprises, commenta maman.

Jo se mordit la lèvre, avant de tendre un paquet à ma mère.

— Désolée, c'est pour vous, joyeux anniversaire ma... Nathalie.

— Oh ! Je vois que quelqu'un vous a donné des informations sur mon péché mignon !

— Les livres ou le chocolat ? s'amusa Jo.

— Les deux. *N'oublie pas les chocolats*, lut-elle sur la couverture.

— Ce n'est pas vraiment de saison... commença Jo.

— Mais tout le monde aime les romances de Noël ! finit maman. Merci.

Quelqu'un appela ma mère près du buffet.

— Désolée, les enfants, je dois vous laisser. À tout à l'heure.

— Tu t'es rappelé pour les livres, dis-je.

— Oui, pour les chocolats, par contre, c'est le pur hasard.

— Jo.

— Matteo.

Nous avions parlé en même temps.

— Est-ce qu'il y a un endroit plus tranquille où l'on pourrait discuter ?

— Oui, suis-moi.

Je tendis ma main et à mon grand soulagement, elle la saisit. Je l'entraînai à l'intérieur de la maison, dans le bureau de mon père, et fermai la porte derrière nous.

Jo se mit à faire les 100 pas, et moi je m'appuyai contre la bibliothèque. J'attendais qu'elle commence, non pas parce que je n'avais rien à dire, ou que j'avais peur de le dire, mais je voulais lui laisser une chance de vider son sac.

— Je n'aurais pas dû te repousser, je suis sincèrement désolée. Quand j'ai compris pour Romain...

— Tu as cru que je t'avais caché la vérité.

— C'est surtout pour ça que je dois m'excuser. Je t'ai cru coupable, alors que tu n'avais rien fait. Je ne suis pas restée pour te confronter, je me suis enfuie, je n'aurais pas dû.

Elle s'arrêta face à moi et je résistai à la tentation de la prendre dans mes bras tout de suite.

— C'est vrai que j'aurais préféré qu'on en parle, que tu me demandes si j'avais fait quelque chose, mais si je me mets à ta place, je comprends aussi que c'était difficile d'y voir clair, à ce moment-là.

— Je... j'étais perdue, Matteo. Tout un pan de ma vie était bâti sur un mensonge. J'ai été trop naïve pour m'en apercevoir. Quel genre de femme ça fait de moi ?

— Le genre de femme qui pense que dans un couple, on doit être honnête. Et sur ce point tu as on ne peut plus raison.

— Je lui en veux tellement, et en même temps je culpabilise de lui en vouloir, il est mort, Matteo.

— Je sais.

Cette fois-ci, j'attrapai son poignet et l'attirai vers moi. Sa tête vint se nicher sur mon épaule, et je me rendis compte à cet instant comme ce geste m'avait manqué ces derniers jours.

— Je veux que tu saches que tu peux compter sur moi, Jo. Je ne suis pas là que pour les bons moments, pour les mauvais aussi. Mais je ne peux pas m'occuper de toi quand ça ne va pas, si tu me repousses. Je veux que tu comprennes aussi que je ne suis pas comme ton ex, je n'ai rien à cacher. Je veux que tu fasses partie de ma vie pleinement. Mais j'attends de toi que tu fasses la même chose en retour.

Elle recula pour hocher la tête. Dans ses yeux, des larmes perlaient.

— Je comprends que tu as besoin de faire ton deuil, et que tu es triste parce que...

Elle posa un doigt sur mes lèvres.

— Non, je suis triste parce que je n'ai pas su t'épauler comme je l'aurais dû. Et parce que j'ai blessé le seul homme que j'aime.

Sa déclaration fit exploser quelque chose dans ma poitrine, quelque chose auquel je n'avais pas arrêté de penser.

Je ne savais pas quels avaient été les sentiments que Jo avait éprouvés pour son ex. Mais si elle avait accepté de l'épouser, je me doutais qu'ils étaient bien réels. Être en concurrence avec un ex qui l'avait larguée du jour au lendemain ne m'avait posé aucun problème. L'être avec un mort était une tout autre chose.

— Je t'aime, Matteo Rossi, comme je n'ai jamais aimé personne d'autre.

J'ouvris la bouche pour dire quelque chose, mais elle me devança.

— J'ai compris avec toi qu'aimer c'est aussi tout partager, ses joies comme ses peines. Parce que même au fond du brouillard dans lequel je me suis trouvée ces quelques jours, la seule chose à laquelle j'arrivais à penser, c'était que j'avais envie que tu me prennes dans tes bras.

Cette fois-ci je me penchai pour m'emparer de ses lèvres. Jo noua ses bras autour de mon cou, et nous basculâmes dans un univers où nous n'étions plus que tous les deux. Insensibles aux bruits de la fête, nous nous embrassions encore et encore, comme pour récupérer le temps perdu.

— Ça te dit qu'on s'éclipse discrètement ? proposai-je au bout d'un moment.

— Je crois qu'on est au moins censés attendre jusqu'au gâteau, répondit-elle. Après, on fera tout ce que tu veux.

— Tu as raison, ma sœur serait bien capable de venir nous chercher par la peau des fesses pour nous ramener ici.

— Elle a l'air d'être un sacré numéro.

— Tu n'as pas idée.

Nous reprîmes le chemin du jardin où les invités commençaient à s'installer à table.

— Je te demanderais bien chez toi ou chez moi, mais...

— Mes parents sont toujours là.

— OK, ça tranche la question. Tu me feras quand même visiter ton appart un de ces 4 ?

— Je ne suis plus trop certaine que ce soit encore le mien.

Je déposai un baiser sur ses lèvres, j'avais hâte que cette soirée se finisse.

ÉPILOGUE

JOSÉPHINE

Deux mois plus tard.

— Rejoins-moi devant chez tes parents.

— Chez mes parents ? Pour quoi faire ? Tu veux promener Maurice ?

— Pas exactement, mais il a hâte comme moi de te voir.

— Je pars de l'hôpital, je serai là dans une quinzaine de minutes.

J'étais crevée en fin de garde, mais l'idée de retrouver Matteo était une motivation suffisante pour passer outre ma fatigue.

Je me garai quelques minutes plus tard dans la rue de mes parents. À peine sortie de ma voiture, Maurice vint m'accueillir avec des jappements enthousiastes.

J'avais vraiment appris à apprécier ce chien. Moi qui n'en étais pas du tout fan auparavant, j'avais même proposé plusieurs fois à Matteo de le garder lorsqu'il était de garde.

Je dispensai une caresse à Maurice, puis me redressai pour saluer comme il se doit son maître. Celui-ci glissa un bras autour de ma taille et se pencha pour me donner un baiser dévastateur.

Quand il recula, j'en profitai pour mieux l'observer. Il portait des vêtements tachés de peinture, et il avait de la poussière blanche dans les cheveux.

— D'où tu sors comme ça ?

— Suis-moi, tu vas vite comprendre.

Je lui emboitai le pas et nous parcourûmes les quelques mètres qui nous séparaient de la maison de mes parents.

Il poussa la petite grille qui pour une fois ne grinça pas. Quelqu'un s'était enfin décidé à l'huiler.

Les travaux du toit étaient finis depuis quelques jours, mais il y avait encore beaucoup de choses à finir à l'intérieur de la maison. De plus, mes parents avaient décidé de rénover une partie du rez-de-chaussée. Décidément, ils devaient se sentir très bien chez moi...

— Ça sent le barbecue, non ? Mes parents sont là ?

— Oui, mais on ira les voir après. D'abord je dois te montrer quelque chose.

Nous grimpâmes les quelques marches du perron, ma main toujours dans la sienne. Dans la maison, l'odeur de peinture fraîche fut la première chose que je remarquai. Puis, je constatai que les travaux dans le couloir et le salon étaient bien plus avancés que je ne l'aurais cru.

— Tiens, avant que j'oublie.

Il alla dans la cuisine et revint avec un mug de café encore brûlant pour moi.

— Ah ! Mon héros.

— On va à l'étage, m'annonça-t-il.

— À l'étage ? Mais je croyais que les travaux ne commenceraient pas avant plusieurs semaines.

Il ne répondit pas, et je fus encore davantage intriguée. Il se dirigea ensuite tout droit, vers la salle de bains.

Je n'avais pas remis les pieds là-bas depuis le fameux épisode de notre rencontre. Et même si je savais que le toit avait été refait, je m'attendais presque à me trouver face à face avec un trou béant.

Mais quand Matteo poussa la porte, je laissai échapper un cri de stupéfaction. À la place de la pièce un peu vétuste que j'avais connue, se dressait une salle de bains flambant neuve.

— Waouh ! Mais je ne pensais pas que l'entrepreneur était si avancé sur les travaux.

Je pénétrai dans la pièce et admirai l'endroit en ayant du mal à me rendre compte que j'étais toujours dans la maison de mes parents.

Je me tournai vers Matteo.

— C'est pas trop mal pour des amateurs, qu'est-ce que tu en penses ?

— Comment ça, des amateurs ?

— Ce n'est pas l'entrepreneur qui a fait les travaux.

Je savais pertinemment que ce n'était pas mon père. Mais alors...

— C'est toi ?

— Oui, j'ai proposé à tes parents de filer un coup de main sur mes jours de repos.

— Waouh ! Je ne sais pas quoi te dire.

Je regardai autour de moi, subjuguée par le travail accompli.

— Mais qu'est-ce...

— On a gardé la baignoire. Elle était un peu sentimentale.

— Tu as convaincu mes parents de garder la vieille baignoire ?

Il s'approcha de moi pour m'enlacer.

— J'ai peut-être raconté une histoire bidon comme quoi tu m'avais avoué adorer cette baignoire, car elle te rappelait ton enfance. Je ne pouvais décemment pas dire à tes parents droit dans les yeux que la première fois que j'avais vu leur fille nue, c'était dans cette baignoire.

— Mes parents savent très bien que quand la grue est tombée, j'étais dans cette salle de bains. À ton avis, ils pensent que j'y faisais quoi ?

Il prit un air effaré.

— Ah, c'est pour ça que ton père me regarde toujours d'un œil mauvais.

Je laissai échapper un petit rire.

— Je n'en reviens pas que tu aies fait tout ça pour eux, merci.

— À vrai dire... ne te méprends pas, j'adore tes parents, ils sont super sympas, mais...

Il chuchota à mon oreille la suite :

— Si je l'ai fait c'est parce qu'égoïstement, j'ai envie de t'avoir un peu pour moi tout seul. Et je ne me suis toujours pas remis de la fois où on était chez toi et qu'ils sont rentrés plus tôt. Devoir discuter de la pluie et du beau temps avec eux alors que quelques secondes plus tôt j'étais très occupé avec leur fille... disons que mes talents de comédien sont limités.

Je déposai un baiser sur ses lèvres.

— Même si c'est pour cette raison, merci quand même. C'est un boulot monstre, tu as dû y passer tout ton temps libre. Et je n'en reviens pas de ne m'être doutée de rien.

— À vrai dire, j'ai eu un peu d'aide. Viens, j'ai encore quelque chose à te montrer.

Il m'entraîna au rez-de-chaussée, puis en direction du jardin, à l'arrière de la maison. Sur la terrasse, je trouvai mon père affairé au barbecue… ainsi qu'une bonne dizaine de personnes toutes en tenue de chantier.

— Jo, je te présente l'équipe de choc qui a participé aux rénovations.

Tout autour de la table étaient installés Livio, Giovanni, Adam ainsi que plusieurs collègues de la caserne de Matteo. Je reconnus Ali, Mike, Roméo et d'autres dont je ne connaissais toujours pas les noms. Vincenzo aussi était là, et même en tenue de bricolage il arrivait à donner l'impression qu'il était tiré à quatre épingles.

Clémence et Roxane m'adressèrent un petit coucou de la main. Alix était occupée à distribuer des parts de pissaladière que je savais venir de son restaurant. Quant à Lara, elle s'approcha de moi, et lança :

— Je pensais être la reine de l'organisation dans la famille, mais là, je dois avouer qu'il m'a bluffée. Organiser tout ça, sans même que tu sois au courant, je crois que tu peux le féliciter.

— J'y compte bien.

Je me tournai vers Matteo, et nouai mes bras autour de sa nuque pour l'attirer vers moi.

— Je t'aime, susurrai-je avant de l'embrasser.

Derrière nous, le groupe se mit à crier et siffler. Mais j'étais bien loin d'être embarrassée, car j'étais amoureuse, et si la terre entière était au courant... eh bien tant mieux !

🔥 ᷾ 🔥

Tu as aimé l'histoire de Matteo et Joséphine ? Découvre celle de Giovanni et Clémence dans le troisième tome de la série les frères Rossi : Giovanni.

Dans la même série :

Livio

Matteo

Giovanni

Vincenzo

À PROPOS DE L'AUTRICE

Tamara Balliana est l'autrice de nombreuses comédies romantiques à succès. Portées par des héroïnes pleines de caractère, des héros cabossés et des décors aussi charmants que variés, ses histoires font voyager, rêver... et rire. Que ce soit dans un village breton, sous la neige alsacienne ou au cœur de la Provence, l'amour est toujours au rendez-vous !

Elle vit dans le Sud de la France avec son mari et ses trois filles.

Pour plus d'informations, pour trouver la liste complète de ses livres ou pour la contacter :

*www.tamaraballiana
.com*

instagram.com/tamaraballiana/

tiktok.com/@tamaraballiana

facebook.com/tamaraballiana